U0064119

想當

作家

不是夢

當

22

位兒童文學作家的故事

甄艷慈————————著

新雅文化事業有限公司
www.sunya.com.hk

向作家致敬學習，
　　　追尋夢想 (代序)

　　冰心說：「可愛的，除了宇宙，最可愛的只有孩子。」而給最可愛的孩子創作精神食糧的兒童文學作家，更是值得我們敬重的人。

　　在香港，就有一批這樣值得我們敬重的作家，他們一直為香港兒童文學的繁榮發展辛勤地耕耘着，為孩子們創作了一批又一批優秀的文學作品，為孩子們的健康成長提供了寶貴的精神食糧。

　　本書採訪了22位著名兒童文學作家——何紫（採訪其家人）、阿濃、劉惠瓊、黃慶雲、嚴吳嬋霞、何巧嬋、東瑞、宋詒瑞、馬翠蘿、周蜜蜜、劉素儀、胡燕青、君比、陳華英、潘金英、潘明珠、黃虹堅、韋婭、孫慧玲、關麗珊、麥曉帆和卓瑩，向讀者講述各位作家如何走上兒童文學創作道路，實現夢想的故事。

　　22位作家走上文學創作道路的緣由各有不同，但有一個共通點，就是他們對孩子的關心和熱愛。

　　書中細述22作位家的創作歷程、他們對兒童文學的見解、如何捕捉兒童心理去創作、寫作中的趣事、寫作上遇到困難時如何克服、文學成就和近況等等。各位作家還講述了哪些作家對自己影響最大、怎樣的作品才是上乘的兒童文學，並向讀者推介對自己影響深遠的文學作品。

少年兒童就如成長中的幼苗，他們要長成參天大樹，需要陽光和雨露；少年兒童是社會的未來，他們日後要成為棟樑之材，需要學習豐富的知識，擴闊視野，培養品德和毅力。成長路上，他們需要學習的榜樣。

22 位作家對寫作的熱誠和執着追求；他們在遇到困難時毫不退縮，積極解難的精神；他們面對榮譽謙虛、再奮發的態度……這些都給小讀者提供了成長路上的學習榜樣，啟迪他們追求卓越，鼓勵他們追求夢想。書中附加的文學資料，還讓小讀者認識更多優秀的兒童文學作家和作品，從而提升自己的閱讀品味和文學欣賞水平，提高自己的寫作技巧和語文能力。

此外，本書是第一次邀請了 22 位在香港兒童文學發展史上留下重要足跡的新老作家，為其做個人訪問合集成書。書中的不少資料是作家第一次向人講述，甚具趣味性和可讀性。本書不但讓讀者近距離地一次性認識多位他們心儀的作家，還希望為日後香港兒童文學發展史的研究留下第一手珍貴史料。

甄艷慈

受魯迅影響而立志為兒童創作

黃慶雲

　　魯迅先生九十多年前在他的作品《狂人日記》中發出「救救孩子」的呼聲，他沒有想到由此而催生了中國當代一名重要的兒童文學作家——黃慶雲——「雲姊姊」、「雲姨」。雲姨自言，她當時被魯迅的呼籲深深打動，由此而立志為兒童創作。

十七、八歲開始寫兒童文學

　　年過九十的雲姨，坐在沙發上，向我細述她的創作歷程。

　　「我十七、八歲開始寫兒童文學。我在大學讀的是中文系，還有一些教育科目，我常常到學校向小朋友講故事。特別是廣州淪陷後，1938 年我到了香港。當時香港小童群益會幫助許多從廣州來的難童，還有一些街童，如擦鞋仔和賣報童等。我給他們講故事，開始時是講，但後來沒有故事可講了，於是我就自己親自

來寫。到了 1941 年，曾昭森教授創辦《新兒童》雜誌，邀請我擔任主編，我便在那兒大量寫故事。」

雲姨停了一下，繼續説：「當時是國難當頭，每個人都想為國家多作貢獻，我在想：自己應走什麼樣的路呢？剛好看到魯迅先生在《狂人日記》中發出『救救孩子』的呼聲，我結合自己的學習專業和特長，覺得我可以在兒童文學創作方面做些工作，我就這樣走上了兒童文學創作的道路。」

寫作靈感來自身邊的人和事

雲姨説她的寫作靈感來自生活，來自身邊的人和事。「很多寫作素材都是我從日常生活中挖掘出來的，或者是從某些人那兒得到啟發。很多東西都來自生活，於是我便寫了很多童話，但是這些童話都是貼近生活的。」

接着，雲姨對我説了她對兒童文學創作的一些看法：「我覺得兒童的心理是向上的，講給他們聽的故事，

▶ 年輕時的雲姨。

8

內容也是要令他們向上的，他們天性又是快樂的，因此，我會在故事中傳遞這些東西。同時，兒童的想像力很豐富，因此，我要引導他們，讓他們的想像力更加豐富。我覺得每個人都有幽默感，無論是成人還是小孩。我要引導他們，令他們的人生變得好豐富。

　　「另外，給小朋友寫故事，還要注意美。因為孩子喜歡美的東西，除了真和善之外，一定要有美。對孩子一定要堅持這些。冰心曾説過：怎樣給美感予孩子很重要。有時候即使是寫悲劇，也不能讓孩子感到絕望。」

　　雲姨總結説：「最好的兒童文學作品，是要使兒童覺得上進，前途有希望。書中的道理容易學習，但不是灌輸，而是啟發他們去思考，去想像。教導孩子胸懷寬廣些，眼光更遠大。」

創作上遇到的瓶頸有很多種

　　談到創作上的瓶頸問題，雲姨説：「創作上遇到的瓶頸有很多種，有時候我會想，這個情節合不合理呢？想像會不會浮誇？這事情真實嗎？科學上有沒有根據？這些我都

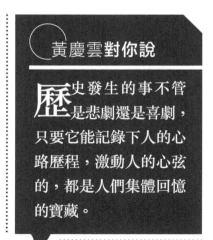

黃慶雲對你說

歷史發生的事不管是悲劇還是喜劇，只要它能記錄下人的心路歷程，激動人的心弦的，都是人們集體回憶的寶藏。

9

▲ 雲姨（右）和冰心（中）、葛翠琳（左）兩位兒童文學家合影。

很注意。於是我就停下來再細想，有時完成一個故事之後就把它放在一邊，再客觀想想，然後再修改。」

　　雲姨二十一歲起擔任香港第一本兒童刊物《新兒童》的主編，讀者十分多，當中有的忠實讀者還因受她的影響而走上兒童文學創作道路，例如著名兒童文學家何紫先生。同樣，雲姨說，她也有很多對她影響甚大的作家，她一一細數：如中國的葉聖陶、冰心、張天翼，英國的狄更斯，俄國的諾索夫和美國的歐亨利等。她從這些大作家的作品中吸取養分，學習他們的寫作技巧，然後形成自己的創作風格。

最難忘的事是《白蘭說的故事》所引起的迴響

　　數十年的創作歷程，雲姨自言難忘的事情非常多，但當中一

件她嘗試以童話來寫報告文學所引起的巨大反響令她特別難忘。

　　她憶述：「我寫作的時候，常常喜歡作新的嘗試。報告文學是一種很實在的文體，它所報道的內容必須是真人真事，而童話則帶有很大的想像性。但是我嘗試把報告文學和童話結合起來，寫了一篇《白蘭説的故事》。

　　「這是根據真人真事寫成的。那時候大約是二十世紀八十年代，有一個叫鍾超文的年輕殘疾人，他全身只有手會動，以及腦會思考，但是他仍然很努力地學習。七十年代前他自學了俄文，翻譯了不少俄國作品為兒童服務。但是八十年代後人們不喜歡俄文了，他的生活十分貧困。我覺得他為別人做了很多好事，我希望能有人幫助他，而且他的意志和毅力也令我佩服。於是我用童話的方式，借着白蘭花的觀察和講述，把他的事跡寫出來。

　　「這篇文章首先刊在《羊城晚

黃慶雲邀你讀

《寄小讀者》
—— 冰心

著名作家冰心創作的散文，主要記述了海外的風光和奇聞異事，同時也抒發了她對祖國、對故鄉的熱愛和思念之情，親切動人。

《落花生》
—— 許地生

作者為前香港大學教授、著名作家許地山，文章中的每一段話，甚至每一個字，都包含着一個深刻的道理。鼓勵孩子們學習落花生的品格，做一個對社會有用之人，奉獻自己的人生價值。

香港小童群益會七十五周年會慶暨「啟迪童心」致敬禮
YMCA Salutes 75 Years of Children's Development in Hong Kong

雲姨（左三）和女兒周蜜蜜（左二）一同接受小童群益會七十五周年「啟迪童心」紀念獎。

報》上。後來，全國性的綜合雜誌《新華月刊》轉載，立即感動了許多人。許多人寫信給他，有人邀請他寫文章，有人為他解決住的問題，還有一位客家姑娘主動前來向他表示關愛，和他結婚，親自照顧他。這件事令我特別難忘。幾年前，他的太太來香港，還特地來探望我呢！」

我寫作總是希望多作嘗試

雲姨數十年來創作的作品多不勝數，體裁涉及童話、兒歌、童詩、故事、小說、人物傳記等等。這些作品也為雲姨贏取了諸多的獎項，包括：全國少年兒童文藝創作一等獎、廣東省少年兒童文藝創作一等獎、陳伯吹園丁獎、冰心兒童圖書獎、國家教委推薦讀物，

黃慶雲悄悄告訴你

有一次，我去拜訪一位舊上司，從家裏拿了一盒曲奇餅做禮物。回家後，工人對我說，那是她用來裝針線的盒子，曲奇餅早就吃光了。

啊，這下子可尷尬了，怎麼辦好呢？我後來想了好多辦法才把禮物換回來。

以及三次獲得香港中文文學雙年獎等等。

對於這些榮譽，雲姨淡淡地說：「獲獎對於我來說，是一種鼓勵，一種安慰，但我不覺得有什麼很特別、很榮耀的地方，我只是覺得我應該繼續超越自己。」

雲姨接着說：「我寫作總是希望多作嘗試。除了童話之外，我還嘗試寫動物故事。現在有很多人寫動物故事，但我寫的和他們的不同，我嘗試以動物第一身來寫，通過動物來反映社會生活。如《貓咪 QQ 的奇遇》及《聰明狗和百變貓》就是這類作品。

「我還嘗試寫歷史故事。我在想，重大的、歷史關鍵時刻的歷史事件是否可以寫成兒童故事給兒童看呢？於是我以 1925 年發生的省港大罷工這段歷史寫成歷史小說《香港歸來的孩子》。這是專為兒童而寫的歷史小說，我希望現在的孩子也認識這場轟動全世界，時間最長、規模最大的工人運動。另一本寫一個革命女烈士的《刑場上的婚禮》還被拍成電影和舞台劇，影響較大。」

對現在的兒童文學作家的期望

我問雲姨：「作為前輩，您對現在的兒童文學作家有什麼期望？」

雲姨聽了，思索片刻後說：「我希望多些人參加到兒童文學創作的隊伍中來，因為這工作真正做到魯迅先生所說的『救救孩子』的作用。創作其他文學，是可以很容易出名的，而且也很容易得到名譽，但兒童文學常常是坐最後一把交椅。因此，我希望兒童文學作家覺得寫兒童文學既是權利，又是義務。我們有這樣的義務要為下一代兒童服務。兒童文學作家的責任並不比一般文學作家的責任輕，兒童文學的價值也不比一般文學低。」

◀ 兒童文學作家合影。（前排左起：黃慶雲、陳伯吹；後排左起：周蜜蜜、阿濃）

每天用 1-3 個小時寫作，其餘時間看書

年過九十的雲姨，精神爽利，訪談間不時響起她愉快的笑聲。數年前她在一個文學講座發言時不慎摔倒，至今仍要用拐杖扶行，不過身體還健康，頭腦仍靈活。

談到生活近況和寫作計劃，雲姨說：「我現在主要是創作一些短篇的作品，除了給少年兒童的，還有給成人的。有時還修訂或整理一些舊了的作品，保持每年有兩本以上的新作品面世。對長篇作品暫時沒有打算，畢竟年紀大了。

「現在，我每天早上起來，吃過早餐後便看報紙，每天用 1-3 個小時寫作，都是斷斷續續地進行，有時會休息一下。更多的時間是用來看書，看很多書，比以前任何時間都看得多。當中大部分是兒童文學作品，還有其他體裁的文學，以及科學類書籍、時事雜誌等。我經常到公共圖書館借書閱讀，包括中英文圖書。」

採訪結束，我徵詢雲姨的意見，為她拍一幅近照，好讓關心她的讀者們看到最近的她。雲姨欣然同意了。

鏡頭中的雲姨端詳而恬靜，就像在默默觀察人生。

永遠的何紫

何紫先生離開我們已經二十多年了，他
給後人留下了一大批優秀的兒童文學作品。
這些作品感動了一代又一代的讀者，也激勵
了一代又一代的讀者。為了讓今天的小讀者
對何紫先生有更多一些的認識，我特地走訪
了何紫先生的太太何嚴穎雯女士和女兒何紫
薇小姐，請她們講述何紫先生的創作歷程和
他對寫作的熱誠。

從為兒童創作故事起開始創作

　　坐在何太家中的客廳裏，何太向我憶述何紫先生怎樣走上文學創作的道路：「可以說，何紫是從三個方面開始走上文學創作道路的。第一，他是從喜歡閱讀開始。何紫是獨生子，三歲時他爸爸去世，他媽媽忙於家計。當時太平洋戰爭爆發，何紫家裏附近有一間學校被炸毀，他媽媽從瓦礫中拾了一些學校圖書館的書回來。於是，寂寞的童年，何紫開始與書為伴。

▼ 何紫（左）表演相聲。

「第二，是從喜歡寫作開始。何紫十分喜愛閱讀，之後他便開始自己嘗試創作，寫了就投到報館副刊去。學生時代，他最大的滿足就是為學校演出寫劇本，寫朗誦詩，寫相聲，寫短評等。這帶給他極大的滿足感。

「第三，是從創作故事開始。由於家裏貧窮，何紫很遲才入學讀書。讀中學時，他是超齡學生，並在學校寄宿。這期間有一段很長的時間，他遵從學校舍監的吩咐，為星期日留宿的小學生講故事，於是每個星期六下午，他就躲進圖書館為明天的故事找材料。最初是找現成的故事，後來就加上自己的東西，即所謂『爆肚』。久而久之，就變成百分之百的創作了。」

▼ 何紫（後排左二）和同學。

「何紫」筆名的由來

何紫先生原名何松柏，但他卻取了一個帶有女性色彩的筆名，這引起很多讀者的好奇。

何太解釋說：「『紫』是由『此』和『絲』組成，何紫的故鄉是廣東順德水藤鄉，順德是全國有名的蠶絲之鄉，他學生時代每逢假日便回鄉度假，對桑蠶感情濃郁。『此絲』，就是他想起蠶絲和故鄉，因此他從二十五歲為兒童創作時開始，就一直用這個筆名。」

童心未泯的何紫。

出席活動時和兒童合照。

何紫先生留給後人的作品，當中以兒童小說的影響最大。這些反映兒童成長歷程的作品，生活氣息十分濃厚，而且人物形象生動，至今仍廣受歡迎。我認為這應歸功於他對兒童有透徹的了解。

何太對此深表認同，她說：「是啊！他喜歡孩子，經常應邀到學校為學生做講座，無論多麼偏遠，他都會到達。他常常細心地觀察孩子，自己的孩子，更是他觀察的對象。另一方面，他曾擔任過《兒童報》的編輯，負責每期的編寫工作，由此加深了他對兒童文學的認識。在那兒，他還認識了一批小朋友，所以他對兒童心理和生活環境都有深入的認識，他是以一顆童心去看世界。」

▲ 初任職編輯的何紫。

「別吵，靈感到了，不能停下來。」

　　我請問何紫先生創作時有沒有特別的趣事和習慣，何太笑說：
「有啊，還不少呢。他一寫起故事來就是忘我的。有時候，我凌

晨二、三時醒來，見到他還
在寫作，便叫他睡覺。他說：
『別吵，靈感到了，不能停
下來。』有時候，他會買回
來一大包朱古力、花生等等，
一邊吃，一邊寫。

　　「他既要忙公司裏的工

作，又要到處給學生做講座，還兼顧很多香港和各地兒童文學交流的工作，因此，他經常是很疲倦的。有時候他一邊看電視，一邊打瞌睡。有一次乘坐電梯，竟然也睡着了。但一寫起文章來，他立即就很有精神。」

創辦山邊社，出版兒童及青少年圖書

何紫先生於 1981 年創辦山邊社，主要面向校園，為幼兒到大專學生出版普及性的課外讀物。憶述那段難苦而又難忘的歲月，何太的聲音也不禁有點低沉起來。

「當時何紫除了出版自己的著作外，又得到阿濃和小思等好朋友的信任與幫助，把他們的優秀作品交給山邊社出版，出版社就迅速鞏固了根基。但最初經營時，出版的資金有限，人手短缺。何紫是書生從商，只抱着理想，憑着自己作為社長，一人點頭，就全力以赴，沒有集思廣益，因此常常出錯主意，造成部分圖書滯銷，使貨倉壓力沉重。

▲ 何紫出席各種交流會、文化活動、專題講座和作家聯誼會等。

▲ 山邊社書展。

「後來，他總結教訓，利用自己多年撰寫兒童文學作品的經驗，自己努力創作，並編寫適合少年兒童閱讀的圖書，出版了不少暢銷書，這樣才使出版社從小規模進入中等規模，漸見成績。正當公司的前景一片光明的時候，何紫突然發現自己患上了癌病……」

▲ 何紫與文友相聚。

勇敢面對病魔，離世前一年創作了十多本著作

1990 年底，何紫先生患上肝癌，但他仍帶着希望和毅力與病魔作戰，並忍着病痛持續地寫作。

何太說：「當醫生告訴我們，何紫患的是肝癌，而且只有三個月的時間時，我忍不住哭了。何紫勸慰我說：『不要哭，我們要堅強面對。我不怕死，只是不想死，我還有很多工作未完成，很多計劃未實現，有很多親情、友情捨不得。在餘下的日子裏，我要好好地計劃生活的每一天。我要與病魔作戰，我在打仗，你在後方要支持我。』」

何太憶述，在北京 301 醫院治病的日子，何紫先生每天都在露台上的小桌子上寫作，醫生和護士都說：這哪裏像是一個病人啊！他們對他的意志和毅力都十分佩服。

憑着不屈的意志和毅力，何紫先生在他最後一年的時間裏，在病牀上寫下了十多本著作，包括：《我這樣面對癌病》、《少年的我》、《成長路上的足印》、《給中學生的信》、《給女兒的信》、《做個好爸爸》、《何紫情懷》、《C 班仔手記》、《親親地球》等等，當中《少年的我》還獲得了第二屆香港中文文學雙年獎。他臨終前的著作《我這樣面對癌病》令無數人為之感動——當醫生告訴他可能只有三個月的壽命時，他沒有自怨自艾，反而冷靜、豁達地把自己抗病的經歷寫下來，作為給別

人生命路途上的勉勵，還在書中多處興歎：「何紫何幸！」他沒有埋怨疾病帶給他的痛苦，卻為親情、友情喝采，為大自然一草一木感恩。

「我童年回憶中的爸爸都是很忙很勤力的。」

為了讓讀者對何紫先生的認識更多一些，我請問何紫薇小姐：「作為女兒，你對作家爸爸的感覺如何？他對你有何影響？」

何小姐臉上充滿着對父親的敬仰之情：「我童年回憶中的爸爸都是很忙很勤力的，由早到晚忙編輯、寫作、管理出版社及店舖業務、擔任義務工作、獲邀演講、文友聚會、應酬等等，他對工作全情投入。由於忙碌，因此他很少有時間教導子女。但他很重視家庭生活，假日裏一家人常有親子活動，例如去看電影、沙灘暢泳、外出吃飯等。有時他參加文藝活動、文友聚會，甚至應酬公幹，如果合適的，他都爭取機會帶我們全家出席。

「爸爸很少說教，印象最深的教導是我在中六時參加演講比賽，

得到他的指導後獲得冠軍。還有，爸爸臨終前的一年，當時我在外國讀書，爸爸給我寫信提點和教導。爸爸是透過身教及他的生命故事，潛移默化地影響着我。他對工作完全投入，他熱愛寫作，甚至患重病仍不放棄寫作，對我影響深刻。我兒時看見爸爸工作勤力認真的態度，長大後對自己的工作都有要求，覺得工作不是單為餬口，而是要透過工作去服務別人，並且要全力以赴。」

　　何紫先生不僅以身教言行影響了自己的孩子，他的作品更是影響了一代又一代的讀者。何紫先生對兒童的熱愛將長存於香港讀者的心中。

◀ 雖然工作忙碌，但何紫仍十分重視家庭生活。

求學時便立志成為
兒童文學作家

阿濃

在香港兒童文學作家中，阿濃先生是最受
學生喜愛的作家之一，他曾五次被中學生評選
為「中學生最喜愛的作家」呢！不知這是不是
與早年讀師範學院時的立志有關——他早就與
兒童結下了不解的緣分？

讀師範時便決定做一個兒童文學作家

　　談到什麼時候開始兒童文學創作時，阿濃先生娓娓道來：「我
1953年中學畢業考入葛量洪師範學院，知道將來會面對許多孩子，
會熟悉他們的生活，於是決定做一個兒童文學作家。當時《華僑
日報》有一個《兒童週刊》版，我便寫了一個故事去試試。題目
是《阿蘇找朋友》，筆名朱燕。很快就刊登了，於是我繼續寫下
去，寫了好幾年。期間我閱讀了不少兒童文學作品，包括安徒生、

克雷洛夫、拉封登、伊索、格林兄弟的作品和《愛的教育》、《文心》、《緣緣堂隨筆》、《愛麗斯夢遊奇境》、《天方夜譚》、《苦兒努力記》

阿濃和學生留影。

等等，還有一些兒童文學的理論書籍。這些都對我創作兒童文學很有幫助。

「至於我為什麼取筆名阿濃，說起來也很有意思。《華僑日報》後來推出一個《青年生活》雙周刊，我開始寫一些諧趣的愛情故事，自己也開始談戀愛了。取筆名『濃濃』，情濃的意思。到不是專寫愛情了，便改名『阿濃』，一直至今。」

寫作不能坐等靈感

阿濃先生的作品內容十分廣泛，涉及生活各個領域，為此，我請教阿濃先生寫作靈感從何而來。阿濃先生說：「我的寫作靈感完全來自生活，我的生活圈包括家庭、學校、文學圈、演藝圈、美術圈、職工會圈、環保圈、鄉

村生活，因而內容較廣闊豐富。寫作不能坐等靈感，要靠生活中發生的事觸發。寫作人對周遭的事物更為敏感，容易看到別人所看不到和想不到的，看到一件事會聯想到其他事。」

他舉例說：「我兒子一家最近從香港來探望我們，我發現我家小貓的表現和以往不同：以前每當有客人來訪，牠都會出來『亮亮相』，顯示一下親熱，但此次牠對我兒子一家的到來卻顯出害怕的神態。我細想了一下就明白了，因為兒子家裏養了兩隻狗，他們的衣服不知不覺中滲透了一種狗的味道。貓和狗是冤家，聞到狗味便覺得有威嚇感，於是牠便逃走。由此，我悟出：氣味不相投，難以為友。一篇文章的靈感就由此而生發出來。」

創作有「瓶頸」，那就換一個瓶子

不少作家在寫作過程中會遇到「瓶頸」，阿濃先生說他有時也會遇到這種情況。不過，他「突破瓶頸」的方法與別的作家不同。

他說：「創作有『瓶頸』，那就換一個瓶子。寫作資料就像倉儲，貨物搬空就沒有了，那麼就另開一個倉。近年我距離青少年生活漸遠，便發掘古典，賦以新意，頗受歡迎呢。《去中國人的幻想世界玩一趟》就是一個這樣的故事。我通過一個

阿濃對你說

書是最好的朋友，有它就不會寂寞。
書是最好的老師，什麼都懂，又有耐性。
人生最美麗的是愛，而且它永遠不會老去。
世間最有力量的是愛，它能驅走黑暗、痛苦和不幸。

▲ 阿濃和愛貓及家人過節。

家庭的故事，把中國最有趣的幻想故事和神話，如《西遊記》、《鏡花緣》、《聊齋誌異》、《山海經》等串起來，讀者從中既獲得語文知識，還從中獲得啟示。這本書很受讀者喜愛，並獲得 2009 年香港中文文學雙年獎的推薦獎。」

上乘的兒童文學作品要有趣、有益、有情

阿濃先生一生從事教育工作，歷任中小學及特殊學校教師達 39 年。他熱愛孩子，關心孩子的健康成長，因此，他對兒童文學作品的要求十分高，在他看來，「上乘的兒童文學作品要有趣、有益、有情。能吸引兒童，培養兒童，感動兒童；而且還要有持久性和永恆性，能讓一代代的讀者喜愛，幾百年過後人們讀起來

仍然覺得有趣，這是兒童文學的一個重要元素。

「而兒童文學最重要的一個元素是愛，除了父母對子女的愛，還包括對眾生的愛，例如對人與動物的愛，體現眾生平等，追求普世價值等。如果沒有愛，很難有偉大的作品。《孟子》、《論語》裏面都包含着愛，孟子宣揚的『仁』也是一種愛的表現，至今仍不過時，因為這是人們的追求。」

停了一下，阿濃先生繼續說：「上乘的兒童文學作品除了能吸引兒童之外，還要能吸引成年讀者，感動他們，並從中獲益。其實，兒童文學作家並不是只希望小朋友看自己的作品，而是希望父母、其他成年人也看。例如安徒生的童話，成人也可以看，各有所得。有時候，成年人從童話中可獲得的啟示比小朋友還多，還更重要，就好像安徒生的《醜小鴨》和聖修伯里的《小王子》。」

阿濃邀你讀

《小太陽》
—— 子敏

這是我最喜歡的林良先生（筆名子敏）的作品，林先生把自己的生活作了真實動人的描繪。生活不富裕，但充滿樂趣。物質有欠缺，但親情填得滿滿的。看這本書使我們懂得什麼是生活中最重要的東西，要怎樣才可以活得快樂、積極、充實。

《城南舊事》
—— 林海音

這是林海音女士最傑出的作品，書中出現的人物都給我們深刻的印象。一種人道主義的精神貫穿全書，對小人物的同情和諒解體現了作者寬廣的胸懷。而父女之愛是書中最感人部分，看之下淚。

對我影響最大的作家是魯迅

阿濃先生博覽羣書，一談起書來話題就源源不絕，他十分推崇艾德蒙多·狄·亞米契斯的《愛的教育》和豐子愷的《緣緣堂隨筆》。前者通過一位小學生所記敍的家庭生活和校園生活，歌頌了人與人之間真誠的關懷和愛心，以及高尚的情操；後者是一本散文集，以流暢樸實的文字描述日常生

▲ 阿濃在豐子愷故居緣緣堂留影。

活情景，但文章裏面卻又包含着普通的人情世故和動人的情趣。兩本書都體現出一種人道主義情懷。

談到哪一位作家對自己的影響最大，阿濃先生說：「對我影響最大的作家是魯迅，他學養豐富，愛憎分明，言語幽默，理解社會問題深刻，富人道主義精神，有獨創性。

「魯迅先生對我寫作的影響有兩方面：一是時事文章。我從魯迅先生的雜文中吸取養料。寫雜文不能靠罵人，罵人是沒力量的，一定要將道理講清楚，舉往日的例

阿濃悄悄告訴你

我是老師，教了四十年書，從沒有遲到過。但我時常做類似的惡夢，就是迷了路或者搭不上巴士，趕不及回校上課。回到學校又不知去哪間課室，焦急非常。終於醒來，慶幸只是做夢。我退休二十多年還做這樣的夢，說明當年的壓力有多大。

來反襯現實，或找其他生活經驗來比照。其二是他的兒童文學。魯迅先生沒有寫長篇作品，小說最長也只能算中篇，但很精練和

深刻。很多人認為魯迅的文字很尖刻，但我覺得很溫情。魯迅的作品中有很多兒童文學作品，例如《故鄉》和《風箏》等。魯迅的小說大部分是精品，從中可以吸取很多養料，得到借鏡。」

創作中有趣和難忘的事都與讀者有關

　　阿濃先生結集出版的著作有八十多部，當中有兒童文學作品，也有寫給成人看的，因此，他的讀者羣十分寬廣，既有學生，也有成人。

　　回憶起創作中有趣和難忘的事，阿濃說：「創作生涯中難忘的事都與讀者有關，有手織十四條頸巾送給我所有家庭成員的讀者，有每封信都是手製藝術品的讀者，有義務到幼稚園講我寫的故事的讀者，有幼兒園的老師叫全班學生寫信給我，集體寄來……她們認為受到我的書的影響，學懂了怎樣去教導孩子。她們有的把我當弟弟看待，有的把我當哥哥看待，並且和我太太也成了好朋友。

「有個中學生寫信告訴我：『阿濃先生，我現在不再塗指甲油了，因為您不喜歡。』有個中學生對我說：『阿濃先生，我自己洗白色的褲了。』呵呵，那年代還是用手洗衣服的年代，卻流行穿白褲。我在一篇文章中說道：如果你要穿白色褲，那就自己洗，不要為難媽媽。所有這些，都令我難忘。」

我最重視「中學生最喜愛的作家」獎

阿濃先生的作品深受讀者喜愛，並榮獲香港和內地多項重要的兒童文學獎，包括香港中文文學雙年獎、冰心兒童文學獎、陳伯吹園丁獎及十五本書入選「中學生好書龍虎榜」之十本好書，更五度被中學生選為最喜愛的作家。阿濃先生說：「獲獎對我有鼓勵作用。眾多獎項中，我最重視『中學生最喜愛的作家』這個獎項，因為這是學生一人一票親自選出來的。因此除了一次因我媽媽去

世不能前去領獎外,其他四次我都親自領獎,包括從溫哥華特地飛回來,我不想令小朋友們失望。」

在加拿大寫作更勤

阿濃先生退休後於 1993 年移居溫哥華,卻沒有放下創作的筆,反而寫作更勤了,他說:「因為不用上班嘛。我 1996 年之後出版的書都是在加拿大寫的,共有二十七種,但還有很多報章專欄文章都沒有結集。」

說到未來的寫作計劃和現在的生活狀況,阿濃先生笑說:「我覺得香港的小朋友要多認識中國的歷史和文化,我為這個目的已經寫了五本書,都是很有趣的故事,很受老師、家長和同學們的歡迎,我正在寫第六本,還會一直寫下去。在加拿大,我生活寫意,但年紀漸大,有點怕老,要多注意健康了。」

聽完阿濃先生的話,我期待着阿濃先生的新作,並祝願阿濃先生健康長壽。

◀ 阿濃先生和太太攝於溫哥華。

因為不願依書直說而創作

劉惠瓊

　　「劉惠瓊」，「劉姐姐」——對於現在的小朋友來說，這個名字和稱呼可能有點陌生，但對於上世紀四、五十年代的兒童來說，這個名字不但熟悉和親切，而且很有號召力呢！因為她當時在電台擔任兒童節目廣播，每天都為兒童講故事，和兒童玩各種有趣益智的遊戲。「劉姐姐」，這是當時大眾對她的親熱稱呼。

不願每天都拿着別人的故事來依書直說

　　曾擔任兒童節目廣播的劉姐姐，雖然現在已年過九十，但聲音仍是那麼的清澈動聽。在電話裏，她向我講述如何走上兒童文學創作的道路。

　　「1948 年，我擔任『香港電台』和『麗的呼聲』的兒童節目廣播，節目中有講故事，有常識問答遊戲等。因為講故事有一個時間限制，有一定的長短，不能超過廣播時間，於是我便需要根

據這種情況來寫故事。當時講給小朋友聽的故事也分年齡和時段，年齡幼小的，我給他們講童話故事，故事會較短；年齡大一些的，便給他們講生活故事，故事會長些。

「更重要的，是我不願每天都拿着別人的故事來依書直說，我有我的理想，有我的想像力，於是便自己寫故事。後來這些故事結集為《劉姐姐講故事》，多數篇幅很短，內容是益智和有教育意義的。」

▲ 進行兒童節目廣播的劉姐姐（攝於 1949 年）。

接觸個性不同的孩子令我寫作靈感源源不絕

回想起昔日的歲月，劉姐姐充滿自豪感，那時候，她不但為小朋友講故事，解答疑難，而且還組織節奏樂隊、兒童劇團、兒童合唱團等。每天和孩子們打交道，近距離接觸大批個性不同的孩子，於是寫作的靈感也就源源不絕地湧現於劉姐姐腦海中，由此她寫出了一個個生活氣息濃厚，真切地反映孩子心聲的作品。

劉姐姐以「潔瑩」為筆名寫的《一個好學生日記》便是這樣來的。

「有一天，一個中學生來電台找我，她十分乖巧和有禮貌，我很喜歡她。後來，她經常來探望我。每次來，她都會幫我做一

些工作，並且把她們學校發生的一些事情講給我聽。望着她，我突然產生靈感，就以她作為『模特兒』，以潔瑩的筆名，用第一身的方式，寫一個十三、四歲的女孩子在學校和家庭中所發生的事情。這個故事在《華僑日報》的《兒童週刊》連載，引起了很多讀者的共鳴，潔瑩一下子成為當時好學生、好女兒和好姊姊的典範。

「又例如寫《慢吞吞國》，當時我看到有的小朋友做什麼事情都是慢吞吞的，他們的父母怎麼教導也不見效，於是我便寫了這個故事。我是想告訴小朋友做事不要太慢，若真的很慢，會令自己遇到很多難堪的事，很多不愉快的事。可以說，這個故事是『有所為而寫』。小朋友讀後覺得很有趣，有的家長也對我說，孩子讀了這個故事後，做事慢吞吞的情況真的有所改善，這令我很高興。」

專業知識令我容易捉摸兒童心理

劉姐姐在大學讀的是教育系，兒童心理佔重要的一科，到實際應用於寫作之時，令劉姐姐可以收放自如。她說：「兒童不同於成年人，讀兒童心理學令我設身處地去看待兒童，知道他們想什麼，做什麼，希望什麼，了解他們的內心世界，否則只是看到兒童的表面。成年人有時以為他們有些行為是亂說亂動，於是就對他們加以指責，但其實這是錯的。兒童心理學

▲ 劉姐姐在編輯《兒童報》（攝於 1960 年）。

教曉我想兒童所想，並借故事把他們的心理表達出來，希望能把他們的一些錯誤行為也糾正過來。」

劉姐姐認為：兒童文學是以兒童為中心，是兒童所喜愛又是他們所能了解的一種文學。一本兒童讀物若能使兒童讀得愛不釋手，那就是兒童文學很成功的例子了。她說：「例如《格林童話》和《安徒生童話》就是很優秀的作品。《賣火柴的女孩》令我十分感動，看了一次又一次。《漁夫和金魚》講述漁夫的善良和盲目地聽從老婆的指示，漁夫老婆的貪心，小金魚的靈性等，這些都很吸引人，也帶給我反思。」

導師 Miss Cass 對我寫作影響最大

談到哪一位作家對自己的寫作影響最大，劉姐姐說：「我在英國倫敦大學進修時的一位導師 Miss Cass 對我的寫作影響最大，她是英國著名的兒童文學作家。她為了寫貓的故事，家裏特別飼養七隻不同種類的貓兒，每天仔細地觀察貓兒的特性、習慣和動作，最後在她的作品中把貓兒寫得活靈活現，把牠們的神髓精確地表達出來。這令我非常欽佩。她說：將實質與虛構交替運用寫成的故事，才足以誘導兒童的想像力。她對寫作的認真態度，令我佩服而甘於向她學習。」

回憶創作生涯中難忘的事和趣事，劉姐姐說十分多，當中以讀者對《一個好學生日記》的反應最令她難忘。「剛才我提到過的《一個好學生日記》是我的得意之作，我採用潔瑩這個筆名描寫中學生的故事，當時的讀者都以為真有其人，非常崇拜她，紛

劉姐姐退休後和丈夫移居加拿大溫哥華。

紛寫信到出版社希望和她見面，並希望和她做朋友。有一天，一位讀者捧着一束花到出版社，要求見見潔瑩，並要親自把花送給她。噢，我哪裏去找出一個真的潔瑩呢！哈哈，這是一件我最難忘的事。」

我特別喜愛的作品是《港生日記》

劉姐姐創作涉及的體裁十分多，包括：童話、寓言、兒童故事、兒歌、散文、兒童劇本及遊記等，當中以兒童故事感人最深。她真切地關注她那個年代的兒童和少年，寫出了上世紀四、五十年代兒童的困苦和他們的自強，也寫出上世紀六、七十年代兒童的朝氣以及他們生活的改變，富有生活氣息，也讓讀者從她的作品中感受到社會的變化。每一個故事都體現出人性中的那種關愛

和善良，令人感動。當中有的故事更是以「兒童代言人」的身分向社會作出批判和控訴。

劉姐姐説：「如果要我從自己創作的故事中嚴格選出特別喜愛的，那麼我會選出《港生日記》。這故事描寫了窮孩子在香港那艱苦的和被忽略的生活，以及孩子奮鬥的經過。因為接近我的孩子當中有不少是家境清貧的，很多時我

都以他們為寫作對象，向社會提出控訴。」

其實除了《港生日記》之外，《擦鞋童》、《敏兒的假日》和收集在《香港兒童文學名家精選集》之《動物園的秘密》中的《一毛錢的自傳》都是這類作品，由此可以見到劉姐姐對兒童的關愛，並不僅僅是表面上的精神引導，更是深層次的實質關懷。

晚年淡薄以明志，悠然以自娛

因為兒女都在加拿大，劉姐姐退休後，於 1987 年和丈夫移居加拿大溫哥華。

熱愛寫作的劉姐姐，到了加拿大之後，也沒有停止過寫作。不過那些作品，她只給至愛親朋及好友欣賞，並沒有公開出售，因為由打字、印刷、釘裝到設計封面等等程序，都是她和丈夫在家裏的電腦室完成。她覺得，自己設計製作的圖書，比從印刷廠印出來的更合心意，這樣的書已印了六、七本。

2002 年，劉姐姐把她自製的圖書，連

同她一生所有的著作捐給香港中文大學的香港文學特藏館，為香港兒童文學的研究留下了非常珍貴的史料。

回首過去的歲月，暢談生活的近況，劉姐姐很感恩地說：「我現在生活舒適，既無所需，亦無所求，淡薄以明志，悠然以自娛。我的家庭算得上美滿幸福，我和我的老伴，相識於戰前，結婚於戰亂中，互助互愛，轉眼已六十八載了。一對子女學有所成，我現在是四代同堂。我常常感謝上蒼給我厚遇，給我遇到一個知我諒我的老伴，同攜白首。又賜我兩個聰敏過人的兒女，人生如此，夫復何求。」

遠在加拿大的劉姐姐，通過電話和我完成了這番訪談。最後，她說：「忘記年齡，令自己永遠年輕。這是最好的格言。」

終生喜歡和兒童
打交道的作家

嚴吳嬋霞

仍是那麼富感染力的朗朗笑聲，仍是那麼響亮悅耳的聲音。早已退休的嚴吳嬋霞女士——嚴太，一身富有活力的輕便打扮——印有圖案的紅色短袖 T 恤，米黃色的貼身西褲，披肩長髮，充滿着青春活力。這也許是終生喜歡和兒童打交道的嚴太童心永葆的秘訣所在？

相約於沙田的星巴克，我們叫來了兩杯咖啡，便開始了訪談。

兒童文學的創作始於 1970 年代的保釣運動

不説不知道，嚴太創作兒童文學竟然和保衛釣魚台事件有關，
那是二十世紀七十年代的事了。

「1970 年，在美國留學生與華人社羣中爆發了聲勢浩大的保
衛釣魚台運動。運動過後，當時在美國的留學生，主要是台灣留
學生，覺得要愛國，要為中國兒童做點事，於是發起出版了一本
兒童雜誌——《兒童月刊》。這本雜誌的讀者對象主要是台灣貧

窮地區的兒童。我義務參與籌款工作，並開始為兒童寫故事。

「我一向對兒童文學有興趣，上世紀六十年代在香港大學進修圖書館學時我便已關注兒童文學，後來到美國遊學，適逢此時機便參與兒童文學的寫作了。」

故事常取材於日常生活中感動自己的東西

嚴太自言自己是一個處處留意觀察生活的人，這種習慣令她的寫作十分生活化，她的作品常取材於日常生活中感動她的東西，有時候因受到一些書籍的感動而觸發自己的創作靈感，有時則是因生活中發生的一些事情而觸動。

「例如，寫《奇異的種子》，是有感於有的家庭缺乏和諧關係，因而萌發愛的種子。那時候，我在美國真的自己種番茄，我自己細心地觀察着種子怎樣發芽成長，慢慢由此而孕育出這個故事。故事出版後很受歡迎，被改編為話劇，現在成為『長者講故事』最受歡迎的故事之一。

「《大雨嘩啦啦》，是和兒子洗澡時發生的故事。最難忘是寫《姓鄧的樹》。那時候，我經歷了八年的遊子生涯後回到香港，發現香港有了巨大的變化。有一次我到元朗錦田，見到一棵大樹緊緊地擁抱着一間頹垣斷壁的的小屋，我呆住了，內心的震撼十分大，由此我想到了許多許多，後來便執筆寫下此童話。這童話獲得兒童文學巨匠陳伯吹

先生創設的『上海兒童文學園丁獎』的『優秀作品獎』，這是香港人第一次獲此殊榮呢！

「《瘦日子變肥日子》寫於1980年代，那時候香港經濟不景，很多人失業，這個故事就是描寫了當時一位爸爸失業之後，一家人怎樣互相幫助度過難關。很多讀者都說這個書名很有趣。

▲ 陳伯吹先生的鼓勵，對嚴太創作影響很大。

其實兒童文學的創作，除了故事內容要有趣之外，故事名十分重要，要有趣，而又能畫龍點睛。有時候，我為了想一個好書名而花費很多時間。」

嚴太娓娓道出了這些感人作品背後的故事。

下筆之前我會花很多時間去構思

嚴太曾任教師，對兒童有着近距離的接觸，自己又是兩個孩子的母親，她本身又修讀兒童心理學和圖書館學，因此對於寫作之時怎樣捕捉兒童心理一點也不覺得是難事。不過，她認為專業知識只是幫助她從理論的層面上去認識兒童心理，更重要的是要把理論和實踐相

嚴吳嬋霞**對你說**

凡事感恩，感謝所有幫助你成長的人，珍惜你擁有的一切；追尋知識，堅持夢想，我相信你有力量把世界變得更美麗！

▲ 嚴太於 1995-2004 年期間任職新雅文化事業有限公司及山邊出版社有限公司
董事總經理兼總編輯。

結合，這樣寫作起來才得心應手。

　　「我創作時很少遇到瓶頸的問題。下筆之前我會花很多時間
去構思，把情節想透徹才下筆。文學雖然是虛構的，但其實很大
程度上也要建築於現實生活之上。即使是童話創作，可信度仍然
要高。可信度不高的童話是失敗的童話，寫科幻作品也如此。因

此平時要多看書，多看新聞，寫作靈感也
是由此而來。《一隻減肥的豬》就是我當
日看到一則有關用音樂來幫助豬生長的新
聞而來的。」

　　嚴太十分重視兒童文學對兒童成長所
產生的影響，她認為：「優秀的兒童文學

作品，一定要帶給兒童一個光明面，教導兒童積極面對人生的挑戰，幫助及啟發兒童怎樣去解決人生面對的困難。此外，還要讓兒童讀得快樂。同樣一部作品，尤其是童話，不同的小朋友會看到不同的東西。而隨着年齡的增長，讀者也會看到不同的層次，所得到的啟發也不同。這也正是兒童文學的永恆之處。」

喜歡讀冰心和梁實秋的作品

談到對自己影響最大的作家，嚴太説：「小時候我很喜歡讀冰心的作品，尤其是《紙船》這類以愛為主題的作品。長大後，我就更喜歡讀梁實秋的作品，尤其是他的散文，文字簡練典雅。同時，我還閱讀大量的西方優秀文學作品，博取各家所長，創作兒童文學尤需這樣。」

嚴太在兒童文學創作中可算是一個多面手，體裁包括了童詩、童話、生活故事和科幻故事等。收進《香港兒童文學名家精選》之《誰是

嚴吳嬋霞邀你讀

《姓鄧的樹》
—— 嚴吳嬋霞

元朗錦田有一棵巨大的老榕樹，不離不棄地緊抱着一間老屋，我第一眼就給震懾住了。草木有靈，誓死保護家園，生於斯長於斯的我，能為香港做些什麼呢？希望小讀者受到感動，發願做一棵小小的「姓鄧的樹」，守護香港我們的家。

《愛的教育》
——〔意〕艾德蒙多·狄·阿米契斯

我們今天的社會最大的缺失是愛，作者教會我從平凡的小人物和小事中感受愛。愛是巨大的力量，高尚的情操，美麗的心靈。每一個小孩必須從小閱讀《愛的教育》，從中學會愛，懂得愛自己、愛別人、愛國家、愛民族、愛天地萬物。

▲ 嚴太和冰心銅像合照。

《麻煩鬼》中的童詩——《一個快樂的叉燒包》歌頌了叉燒包的奉獻精神，也描述了人們吃叉燒包時的歡樂。《大廈》以具象的手法，寫出了大廈的高聳巍峨，但文字卻十分淺白。嚴太回憶起這些作品的產生過程，忍不住笑容滿臉。

「有一次我和何紫飲茶，看到他快樂地大口大口地吃叉燒包的樣子，我也受到了感染，心裏忽然產生了一種感動，腦海突然湧起了一

嚴吳嬋霞悄悄告訴你

三歲時我在中環海旁走失了，家人遍尋不獲。小小人兒很可憐啊，一定是掉進海裏了，媽媽傷心地大哭。鄰人告訴媽媽不久前看見我獨個兒走回家，沒哭沒鬧。果然，媽媽在家門口看見我安靜地坐着：「媽媽，我找不到你呀！」
三歲定八十啊！

些詩句，於是寫下了《一個快樂的叉燒包》。我看到香港到處聳立着高樓大廈，我覺得小朋友和這些高樓大廈有着緊密的聯繫，於是想到能不能用有趣的形式把大廈表達出來呢？童詩一定要有趣好玩，這首詩寫出來之後，很多小朋友都説很有趣。」

獲獎只是過去的榮譽

何紫先生曾説嚴太「惜墨如金，但篇篇精品」。確實，嚴太的作品曾多次獲獎，包括「上海兒童文學園丁獎」和五次獲「冰心兒童圖書獎」。對於這些過去了的榮譽，她表示獲獎對自己的創作產生很大的鼓勵作用，但人不能停留在過去的榮譽裏，反而她很想分享她看到香港孩子愛閱讀所帶給她的感動。

「1997 年 至 2008 年 期 間，我擔任香港書展『兒童天地』的主席，令我更廣泛地看到香港兒童閱讀的狀況。每年的書展都有許多兒童參與，幼小時是父母帶着他們來選書，長大

▲ 《大廈》這首童詩以具象的手法寫出大廈高聳的形態。

▲ 嚴太擔任香港書展「兒童天地」籌委會主席（攝於 2007 年）。

一些，他們自己親自選書。有一個小朋友我印象特別深刻，兩歲的時候，她父母帶她到『兒童天地』找我，說很喜歡看我寫的書，以後她和父母每年都會來『兒童天地』找我，向我談她的讀書心得，一直到她去英國讀書，我們仍保持聯繫。」

退休生活充實而有意義

退休後的嚴太似乎沒有停下她一向忙碌而急促的步伐，她的生活過得充實而有意義。2006 年，嚴太到哈佛大學進修博物館教育，是香港兒童博物館的發起人之一；2007 至 2008 年擔任出版社的顧問；此外，她還擔任兒童文化教育顧問。近年來，她到世界各地旅遊，希望行萬里路來再充實自己。她還去內地做義工，到山區培訓幼稚園教師。對於未來，她也有着相當多的計劃。

「我曾替立法會寫了一個《小動物，大行動》童話，教孩子有關立法會的知識。我每年都和一批義工到重慶山區做義工，培訓當地的幼稚園教師。看到山區小朋友刻苦學習的情景，真的令我很

感動。我還會為內地一些幼稚園做蒙特梭利的教學培訓工作。接下來，我會再去旅遊。我想先旅遊，後寫作。我還想寫回憶錄，尋找中國兒童文學發展史中的一段歷史。至於兒童文學創作方面，我還會想寫一些童話。」

採訪到了尾聲，耳畔突然響起電話鈴聲，原來是朋友來電邀請嚴太去參加一個講座。望着嚴太匆匆離去的身影，我看到了一個熱愛生活的人踏實的足跡。

▲ 嚴太退休後經常到內地山區做義工，為可愛的小朋友服務。

▲ 嚴太和參加「湊孫」課程的長者學生合照。

▲ 嚴太在上海逛書店。

希望陪伴兒童前行
的作家

何巧嬋

走進佛教普光學校，我有一種在別的校園
從未有過的感覺：這間學校很漂亮很漂亮，讓
人的內心感覺很舒適很舒適。這種心境舒適的
感覺並不是因為校園是新建的，而是由學校的
一些具有人文關懷的擺設而來。

　　教務處大堂的大櫃子裏像所有學校一樣，擺放着一個個獎盃。
不同的是，教務處的外牆上貼着一張張神態各異的學生照片。校
長室的書架下方，擺滿了何巧嬋校長和學生合照的相架，當中一
個相架何校長十分珍視，那是因為裏面既有學生照片，還有着這
樣的格言：「以愛為徑，嚴而有愛，愛而有教，教得其法，快樂
成長。」

　　由此，我突然感悟到為什麼何校長把《我的心在說話——一

個自閉症兒童的故事》、《孤單天使》等故事作為她的重要作品收入《香港兒童文學名家精選》之《養一個小颱風》中了。這裏面包含着作為特殊學校校長的何巧嬋對「特殊學生」的無限關愛，也體現着她對所有少年兒童身心成長的關愛。

《圓轆轆手記》是我寫的第一本兒童故事書

何校長的寫作，開始於中學階段。但真正有系統地寫兒童文學作品，則是上世紀八十年代女兒出生之後。「我發覺雖然當時香港有不少外國翻譯的兒童文學作品，也有劉姐姐（劉惠瓊女士）和何紫先生這些大家耳熟能詳的作者，但真正緊貼香港小朋友生活的作品不多，現代人寫現代兒童故事的作者太少了。那時候，香港有一份專為兒童而出版的報紙——《兒童日報》，他們邀請我撰寫故事，於是我便開始了《圓轆轆手記》的寫作，這是我寫的第一本兒童故事書。」

觀察、關懷周遭的小朋友和自己的孩子，關注有關兒童的新聞報道等，給了何校長源源不斷的創作靈感和寫作素材，把這些內容變成有趣的生活故事，小讀者們十分喜愛。有趣的是何校長當時正讀三年級的女兒卻大感困惑，她困惑於故事中的小女孩的生活為何有這麼多和她生活相似的地方，例如當中有一個故事情

節寫到圓轆轆因來不及完成自己的功課，於是便帶着功課參加舅父的婚禮，在飲宴的過程中做功課。小女兒驚訝地對何校長說：「怎麼我的舅父結婚，圓轆轆的舅父也結婚呢？」何校長回憶起此趣事時仍忍不住大笑。

兒童文學和大自然有很密切的關係

何校長的作品中有很多故事的題材都和大自然有關。何校長解釋說：「我覺得兒童文學和大自然有很密切的關係。兒童文學有一種靈氣，這在成人文學中是較少反映的。我近年的寫作靈感來自於對大自然的觀察。我很喜歡行山，有時候一個人在山中走着，可以令我自己放任思想，仔細觀察，並由此而孕育出一些新的故事。例如《木棉樹和吱喳》、《選舉蟹國王》等。」

▼ 何校長很喜歡行山，並從大自然中獲得寫作靈感。

何巧嬋對你說

明亮的小星星，屬於遙遠的銀河，並非真的如我們的肉眼所看到的微小。

親愛的小讀者，你雖然年紀輕、個子小，但你屬於未來，那一片未知的新天新地，勇敢追尋你的夢想吧！

翻閱何校長的作品書目，我發現當中有很多很有趣的書名，如：《養一個小颱風》、《告老師》、《暑假，你不要走》等，這些充滿童真的故事體現出何校長對兒童心理的深度認識。

「我對兒童有着一種天生的敏感，小時候媽媽就説我很有孩子緣。我的教育專業背景幫助我從理論層面上認識兒童心理；但更多的，還是我由心出發去感應，把自己代入兒童的世界。例如，有一次颱風過後我去行山，

▼ 何校長和孫兒。

我見到工人把倒下的樹枝鋸斷，然後讓它們日後化成養料滋養其他植物——大自然就是這樣生生不息的。這事突然給了我一些啟示。我覺得，愛是要有對象的，小朋友要培養他的愛，那麼一定要有一個比他弱小的物件讓他去愛。當時小學生正流行養電子小寵物，於是我突生靈感：可不可以養一個小颱風呢？用小朋友的愛去養它，最後把它回歸大自然。結果，故事寫出來後真的很受小讀者的喜愛。」

希望站在小朋友身邊，陪伴他們成長

也許是任職於特殊學校，更真切地看到成長中的兒童所遇到的各種困難和困惑，以及出自對兒童那種深切的愛，何校長的寫作題材和別的兒童文學家有一個頗大的不同。很多兒童文學作家都藉故事正面地向兒童傳遞歡樂、友愛、善良等元素，有意迴避生老病死等話題。但何校長卻藉着自己的作品一次又一次的去觸及這些話題。「我希望能進入兒童的內心世界，陪伴他們經歷這

何巧嬋邀你讀

《小男孩和蘋果樹》
——〔法〕瑞喬·M·約翰

講述一個小男孩與蘋果樹結為好朋友，終生交往的故事。這是十分耐看的故事，蘋果樹既隱喻天下的父母，也是大自然母親的寫照。提醒我們不要讓無窮的慾望傷害自己父母，傷害生育眾生的大自然之母。

《給山姆的信》
——〔美〕丹尼爾·戈特里布

這本書的作者因車禍而四肢癱瘓，幾經艱辛從逆境中再次出發。他決定將自己體悟到的一切，寫成三十二封信，給患有自閉症的外孫兒，希望他將來能體悟生命的意義，學會愛和接受缺憾的勇氣。這本書傳遞着雖傷殘卻不喪志的堅毅信心，叫人感動。

何校長與心光書院視障同學做讀書會。

些成長過程中不可避免的困惑。」

「《我的心在説話——一個自閉症兒童的故事》、《孤單天使》等故事適合高小以上的孩子閱讀。無論我們成人怎樣保護，這個年齡段的孩子已漸漸體會到現實世界不會像童話般完美，會有很大的挑戰。寫《我的心在説話》這個故事時，我心裏很痛。我學校裏有很多這類型的小朋友，他們不會説話，但心裏有很多話，只是沒人聽到。我想代入小朋友的世界中，探索在困難、不公平、孤單、自己不能控制的情況下怎樣去度過困境。

「我是以同行者的身分來寫，既反映他們的困惑，但也守着兒童文學創作的重要底線——無論有多少困難和挫折，盼望仍在。門關了，但還有一扇窗。其實這也反映了兒童的本質——他們的生命力很強，很有朝氣。因此，這個故事雖然是取材自現實生活中的一個個案，但我是以一首童詩來結束故事，表示了一種盼望。」

何巧嬋悄悄告訴你

我從小就是一個冒失的人，整天遺失東西，因「嬋」與「蟬」，同音，「大頭蝦」（廣東話，指丟三落四的冒失之人），就變成「大頭蟬」，成為我的別號。小時候，鉛筆、擦膠、外套總是離我而去，很是煩惱。媽媽有時候會取笑我：「幸好頭不能脱下來，否則你這個蟬大頭，可能也會遺失在某處。」記得有一次在火車站，聽見遺失孩子的廣播，把我嚇得緊緊拖着媽媽的手。媽媽比什麼都重要，絕對不可遺失！

兒童文學一定要有兒童的靈氣

究竟怎樣的作品才算上乘的兒童文學作品呢？何校長強調說：「我認為兒童文學作品不等於兒童讀物，它必須具備以下條件：第一，有文學元素，故事有吸引力，可讀性要強，有幻想空間，有充足的思考空間，有優美的文字，讀者讀後有感情的迴響。第二，兒童文學和少年文學、成人文學不同，要有兒童的靈氣在裏面。這是一個很重要的元素。用孩子的眼睛去看世界，代入兒童心境，

▲ 何校長數十年來一直以愛陪伴學生成長。

不要有太多的批判或顯而易見的道理。第三，兒童文學要守一條底線——歌頌真善美。但不是硬銷道理，而是通過一個故事讓讀者產生共鳴，讓讀者在閱讀中產生感悟，建立對真善美的追求，對身邊的人多一份愛和信任。優秀的兒童文學是十分耐讀的，它滋潤人的心靈成長。」

最高興作品能得到不同年齡讀者的喜歡

細數一下，何校長著作、編寫、編譯的作品近一百種，回顧

三十多年的創作歷程，何校說她最高興自己的作品能得到不同年齡的讀者喜歡和認同。「有一次我到東南亞旅遊，一位團友知道我的名字後，在我面前背出一首我寫的童詩。我很詫異，那是寫給一年級小學生看的啊！團友說，她是和孩子親子共讀時讀到的，但一讀，就喜歡上了。我 1985 年寫的一本書，公共圖書館裏至今仍不斷有讀者借閱；我的學生向他們的孩子介紹《圓轆轆手記》。最近，有一個學生對我說：『校長，您寫給小朋友看的書我已全部讀完了，我現在看的是您寫的《校長隨筆之打開課室的大門》。』讀者的喜愛，這是對我最大的鼓勵。」

何校長的作品曾獲香港中文文學雙年獎的推薦獎，此後，她由於大多數時候都擔任各種文學比賽的評審工作，便沒有再送作品去參賽了。對此她絲毫不覺得惋惜，反而很

到世界各地遊歷的何校長。

感恩地説：「我更感恩於我能有機會做評判，這一方面體現了讀者對我的肯定和認同，另一方面我可以看到許多即時的作品，了解當下兒童的狀況。」

何校長在 2014 年 9 月從校長的崗位退休了，現在她有更多時間尋幽訪勝、周遊世界各地了，從南半球的澳洲到北極洋都有她的芳蹤。另一方面，她依然過着充實而忙碌的生活，繼續為香港的教育工作和兒童文學不斷努力耕耘。

何校長現在主要從事教育顧問及創作的工作。兩年下來已在香港大學、香港中文大學及香港教育大學等作多次分享，亦被委任為香港大學教育學院融合與特殊教育研究發展中心研究院士。

除了教育外，兒童文學的創作和推廣亦是她終生的志業，除了固定的雜誌專欄，到圖書館為同學們舉辦讀書會外，2016 年何校長為小朋友出版了新書《三個女生的秘密》，《「救鳥行動」》、《再見波比》也將於 2017 年初出版，真是迎來了另一個寫作豐收年了。

堅持兒童文學必須有教化作用的作家

東瑞

東瑞先生的會客室裏，兩面牆壁擺放着一個個裝滿圖書的大書櫃，其中一個櫃子裏，擺放着東瑞先生四十年來的創作成果——132 冊圖書。只是裏面只有三十幾冊是兒童圖書。這也難怪，因為東瑞先生主要創作成人文學。寫兒童文學，可謂是「半路出家」。

　　「我於上世紀七十年代初期移居香港後，開始業餘寫寫散文、小說，投稿報刊；創作兒童文學是遲至八十年代初期才開始的。當時何紫先生和一羣志同道合的朋友組織香港兒童文藝協會，舉辦兒童文學創作徵文比賽，鼓勵我參加。我寫了篇一萬字的幻想小說《琳娜與嘉尼》參賽，獲得了季軍。就這樣，我和兒童文學結了緣。從 1984 年開始陸陸續續迄今，有關兒童文學的集子出了三十幾種。」

創作靈感來自四個方面

熟悉東瑞先生的人都知道，他有一位漂亮能幹的太太，一雙聰明乖巧的兒女。提起他們，東瑞先生就「笑上眉梢」：「確實，他們是我創作的原動力和創作靈感的源泉之一。瑞芬（東瑞太太）的理解和支持，讓我沒有後顧之憂，可以一心撲在創作上。看着一雙兒女的成長，也給了我不少的創作靈感和素材。例如，收在《香港兒童文學名家精選》之《小強和四方形西瓜》裏的《小獎杯》、《快餐店裏》、《皮球變大的日子》等幾篇，幾乎就是一種『生活實錄』的加工，我只是稍微將真實生活加上部分虛構，把事實故事化、人物性格化就寫成故事了。讀者的反響還很不錯呢！」

談到創作兒童文學的靈感，東瑞先生的話就滔滔不絕，「除了上面所說的兒女給我的靈感之外，我第二種寫作靈感是受新聞和出外接觸到的一些人和事的啟發，例如《小妹妹巧擒大壞蛋》的靈感來自一段時期經常發生的劫機

東瑞（前排左二）在馬來西亞金寶拉曼大學演講後與文友合影。

事件；《機會》是從山火事件得到的聯想；《心意》是我們到學校書展時有感而發。

「第三種靈感，是對優良性格和品質的形象演繹。這主要體現在童話創作部分。我覺得人生充滿選擇，生命由每一個人去填色，兒童文學的重要功能之一，就是影響兒童的品格。我欣賞寬容、誠實、堅強、謙虛、勤奮、忍耐、拚搏等品格，就以童話或寓言的形式去描述。此外，就是電影電視中的幻想題材對我的影響，例如電影《未來戰士》、《飛越未來》就對我影響很大。這種影響主要體現在我的幻想小說創作部分。」

強調兒童文學的教化作用和藝術性

東瑞先生很強調兒童文學的教化作用和藝術性，他說：「優秀的兒童文學，我認為至少包含兩個元素：首先是深刻的思想意義，能有新意最好；其次是它的藝術性，例如用優美的文字表達出來，或在表達意義時用了很多藝術手法，兩者要結合得很好。像安徒生的《國王的新衣》、《賣火柴的小女孩》、《醜小鴨》、《人魚公主》等，我

東瑞**對你說**

未經嘗試，勿輕易言敗。人棄我時勿自棄。勤奮出智慧，勤奮出天才。人生充滿選擇，生命由你填色。

▲ 家人是東瑞創作靈感的泉源。

想就是一流的兒童文學了。安徒生的童話十分完美,充滿了同情心、鼓勵、對人性的善意諷刺,文字抒情優美,迄今似乎沒人能超過。他的童話沒有任何污染,我十分喜歡。」

　　成人文學和兒童文學是兩個差別很大的創作範疇,東瑞先生以寫成人文學為主,兼寫兒童文學。於是我問他:「您既創作成人文學,又寫兒童文學,當中有什麼不同的感覺或感想嗎?」

　　他仔細地想了想,然後回答說:「感覺完全不同,迄今我創作的兒童文學作品,數量始終不多。主要原因,是兒童文學限制比成人文學多得多了。不能像成人文學那樣無所顧忌。兒童文學要考慮題材合不合適?意思會不會太深?另外,文字也是我考慮的另一個方面,不能太深奧;還有,要在什麼園地發表?(園地

始終很少）這些顧慮，令我兒童文學的產量沒有成人文學多。我覺得在香港，兒童文學的處境很艱難！」

觀察兒童，保持童心

　　雖然感歎兒童文學創作比成人文學創作艱難，但東瑞先生對兒童創作的熱愛仍是溢於言表，而且對創作兒童文學時如何捉摸兒童心理的事津津樂道。

　　「早期我的一對兒女年紀尚小，他們便充當我兒童文學中的模特兒；他們成長中的趣事也有不少成了我生活故事的素材，捉摸兒童的心理不太難。後來他們長大了，較少以他們為題了，我就從幾個方面『保持童心』：一是常和年齡小我很多的朋友交朋友，這就是所謂『忘年交』；二是不拒絕繼續學習，人家送我『兒童書』，我決不會說『我會拿給我孩子看』，我就當是送給我看的。成人不讀兒童文學我覺得是很大的損失！經常閱讀，有利於保持童心、保持兒童

東瑞邀你讀

《安徒生童話》
——〔丹麥〕安徒生

安徒生是一位偉大的人道主義者，具有悲天憫人的情懷，他的系列童話充滿可貴的同情心，從中可以感覺到他那顆柔軟的童真心靈，不少童話情節有趣，語言優美，富有深刻的教育意義。安徒生童話是人類共同的精神財富，老少皆宜，永不過時。

《徬徨》、《吶喊》
—— 魯迅

魯迅的小說雖然寫得不多，但大都是中國新文學的經典，表現手法非常現代，語言很精煉，思想內容很深刻，是學寫小說的人必讀的。小朋友可以從較容易讀的開始看！遇到不懂的可以問問愛好文學的大人。先讀《孔乙己》、《藥》等篇。讀魯迅的小說有助於我們了解一個時代，一生獲益。

視角和心理。三是注意觀察；四是創作時，心目中牢記對象主要是兒童，幻想自己也變成了兒童。最後是文字，用字用詞、行文、含義都有所約束，要讓兒童喜聞樂見。」

得到獎勵是今天的事，明天一切從零開始

四十多年的文學創作和二十多年的出版事業（東瑞先生和太太蔡瑞芬小姐於 1991 年創辦了獲益文化事業出版有限公司），給東瑞先生帶來了諸多的榮譽和獎座，擺滿書架和書櫃的獎座及感謝狀，記錄了東瑞先生跟他太太蔡瑞芬共同努力拚搏的成果。

其中 2006 年出版的《校園偵破事件簿》，就給東瑞先生帶來了四項殊榮：「中學生十大好書龍虎榜」中的十大好書之一；「小學生書叢榜」十大好書之一；當選為「全港小學生最喜愛作家」；「全國第四屆偵探推理小説大賽最佳新作獎」。

2011 年，東瑞先生在鄭州的第四屆全國小小説節中獲得「小小説創作終身成就獎」，表彰他在小小説創作方面的成就，以及推動香港和海外小小説創作的貢獻。

東瑞悄悄告訴你

我是一個「大事精明，小事糊塗」的人。有次外地寄一個包裹來，郵局發通知單叫我去取。太太對我說，你帶小車去取，有 22 公斤重！我問她怎麼知道？她說你看通知單。我看了，沒看到；再看第二次，還是沒看到。太太説，好好地看呀！我以為她騙我，最後她指着通知單某處，我才看到上面以極小的字寫着 12+10kg！她説，心不細不行的！你不帶車，看你那麼重怎麼帶回來！

2013 年，他又獲第六屆小小説金麻雀獎。

2011 年 10 月 1 日至 12 月 31 日，香港文學圖書館為東瑞先生舉辦了一個文學展——「愛拼的東瑞」，當

▲ 東瑞在第四屆全國小小説節中獲得「小小説創作終身成就獎」，與太太瑞芬到鄭州領獎。

中擺放了東瑞先生的部分獎狀、獎杯、手跡稿、簽名本、剪報等。

談到這些榮譽，東瑞先生謙遜地説：「我只是很普通的寫作者，成就不是很大啊。我認為所有獎賞都是對我的鼓勵，增強我繼續創作的信心。我奉行『今天取得成績得到獎勵是今天的事，明天一切從零開始』的信條。」

反而，談到讀者對作家的尊重，令他更加感動。

「有一次，一家中學請我去演講，學校重視作家，接待的規格很高。當時全校學生坐滿了禮堂，看來沒有一千也有九百人吧！我在禮堂外見到他們鴉雀無聲，校長陪我走進場，全場才爆發了如雷的掌聲。那種對作家極為尊敬的情景，迄今十幾年過去了，一想起仍叫我心跳不已。」

有趣的事也很多，「有時我到一些學校去做講座，總是有一些老師説認識我，令我非常驚愕，無論如何都想不起來在那裏見

過面。後來她們解釋，她們讀小學時我們到過她們就讀的小學做過書展，她們見過我，也讀過我的書，後來她們一路讀上去，大學畢業後當了老師。原來如此。時間快得令人渾然不覺！不知不覺，我也已頭髮花白啦！」說完，東瑞先生哈哈大笑。

筆耕不輟，希望每年至少都能出版一到兩部書。

近年，因為出版業競爭較大，東瑞先生已放慢了他們出版社出版的速度和減少出版量。但對於寫作，仍然是熱情未減當年，寫作計劃多多。

「我的計劃很多，希望天假以年，給我多一點時間寫完我要寫的東西，

東瑞到小學為讀者簽名。

72

只是苦於時間不足！我好想將我的一些童話或生活故事請畫家變成繪本，有空的時候，會繼續寫寫兒童文學。未結集的兒童文學作品也想結集……慢慢來吧。成人文學方面，短文包括了小小説、散文、散文詩、遊記、讀書筆記等等，每天都在寫，希望每年或每兩年至少都能出版一到兩部書。一些專題、早就積累的素材，我想可能的話就寫成長篇小説。」

其實，東瑞先生還有一個更龐大的的寫作構思，他想以編年史的方式去創作幾部長篇小説，有點像三部曲之類，展示從 1910 年到 2010 年這一百年間海外、內地、香港三種很不相同的社會和生活，描述僑居地排華、回國、十年浩劫、港英統治、九七回歸等大事件，具有一定的規模，體現強烈的時代感和長篇的氣度、廣度和深度。這真是令人拭目以待的作品啊！

「現在我每天做編輯工作一兩小時，其餘時間則盡量多創作，參加一些必要的應酬、在參與海內外的文學活動的同時也兼顧旅遊，其他時間休息、寫作、讀書和旅行等等。」

做個有心人才能寫出兒童喜愛的作品

宋詒瑞

你能想像嗎？一個當時已年近七十的祖母級人物，竟然還去學潛水，考駕駛執照，而且都成功了。她可不是一位貪玩的老頑童，而是一位任何事情都想去嘗試，而且非要成功不可的兒童文學作家——她就是我們尊敬的宋詒瑞老師。

　　「哈哈，學潛水是很有趣的啊，這也是我尋找寫作素材的途徑之一呀！你看，我這不就寫出了一部少年小説嗎！」宋老師一邊説着，一邊走進書房拿出以她學潛水經歷寫成的《咪咪潛游海底世界》。

何紫先生鼓勵我專寫兒童文學

　　今年已是年近八十的人了，宋老師説話的聲音仍然很宏亮，

訪談時間裏常常笑聲不斷。

「你問我是什麼時候以及怎樣開始寫作兒童文學的？那真是很有趣的事。我從來都喜歡孩子，以前曾零零碎碎寫過一些小故事和兒歌，但是正式拿起筆來為兒童創作，則是上世紀八十年代來港之後。先是一篇故事《一本語文書》獲得市政局中文故事創作比賽的冠軍，之後山邊社的何紫先生找到我，熱情邀請我參加香港兒童文藝協會，並約我寫稿。何紫先生對我的幫助很大，他認為我的文字規範，適合為兒童寫作，鼓勵我專寫兒童文學。此後我就一直在這方面努力，為兒童撰寫童話、故事、短篇小說，翻譯世界兒童文學作品，編寫歷史故事和語文教學材料等等，至今已經出版了各種單集 138 本，這可算是我這一生獻給少年兒童的微薄禮物吧！」

「設身處地」，是我寫兒童故事的不二法門

談到寫作靈感，宋老師認為寫作靈感不可能憑空而來，作為一個兒童文學作家，一定要善於觀察和發現生活中有趣的事，做個有心人，這樣才有可能寫出有真情實感，而且獲得兒童喜愛的作品。

「我比較喜歡寫生活故事。我覺得每個人的一生都是一篇故事。我們每天從日常生活中可以遇到、聽到、見到許多有趣的事情，這些事情觸動我的心靈，讓我有所思有所悟，就想寫出來，讓小讀者也能從故事中有所領悟，幫助他們正確面對人生。所以說，生活，是我取得寫作靈感的源泉。自己的童年、自己的孩子、親友的孩子、我的學生、社會上每天發生的事……都是題材的來源。

「就如選入《香港兒童文學名家精選》之《宿營萬歲》中的《小青的第一堂家政課》為例，那是真實發生在我朋友孩子身上的事，也是我寫得最順手最快捷的一次。為什麼呢？因為故事的絕大部分都是現實中我的親身經歷，一次有趣的、很有意義的經歷，所以我把它寫下來。寫這個故事時可以說是一點都不用加

▲ 和先生在新西蘭旅遊。

宋詒瑞**對你說**

小朋友，寫作是一件快樂的事啊，把你的喜怒哀樂用文字表達出來，快樂和大家分享，不快也會輕鬆消失！多讀多寫，你就日日進步！

工，直接把事情如實寫下，只是最後的結局把事實稍稍改變了一點，改為這個小女孩也一起和大人參與修改圍裙，上了第一堂真正的家政課，為的是使主題更突出，更有教育意義。這件事更使我堅信：我們的生活是豐富多彩的，充滿着寫作的題材。」

成人文學和兒童文學創作不同，兒童文學必須回到兒童的世界裏去反映他們的所思所見和所經歷。對此，宋老師深表認同：「對啊，寫兒童文學，必須要去捉摸兒童的心理。『設身處地』，是我寫兒童故事的不二法門。把自己放置在故事情節中，設想孩子們在此情況下會怎麼想、怎麼做。何況自己也曾是兒童，有過兒童的心態和行為。當然，我今年已七十多歲了，我們那時的時代與現今的社會情況有着很大的不同，這一點就要求我必須與時並進，跟上時代的步伐，理解當今兒童的心態。這就要多多接觸兒童，觀察、了解兒童。」

宋老師教孫女唸兒歌。

不勉強自己去寫不熟悉不理解的題材

宋老師的作品種類多，既有原創的，也有編寫的，還有翻譯作品。無論是寫哪一種題材，宋老師都毫不馬虎，絕不勉強而為。我坦率地問她：

「在您的寫作過程中，您有沒有遇到寫不下去的情況？如果有，您是怎樣突破這個瓶頸的呢？」

宋老師想了想說：「我認為，每篇作品必須是『瓜熟蒂落』，不能勉強自己去寫不熟悉不理解的題材。所以，若是在創作過程中遇到『瓶頸』，這就說明自己對所寫的題材還不夠熟悉，這時不能硬着頭皮寫下去，要放下筆來，用各種方法直接或間接地去熟悉所寫的題材，等到自己確實掌握了足夠的資料，對所寫題材有了豐富的認識，再提筆寫下去。」

現在的兒童讀物十分豐富，但宋老師也發現市場上有一些意識不太好

▼ 宋老師的著作還包括語文學習、家長教育的書籍。

宋詒瑞邀你讀

《愛的教育》
—— ［意］艾德蒙多·狄·亞米契斯

這是我童年讀了好幾遍的最心愛書籍，被其中的故事感動，為之流淚，思考應該怎樣做人。它告訴了我們種種的愛——對國家的愛、師生的愛、同窗之愛、父母對孩子的愛、勞動者對自己工作的愛……對小讀者是一堂名副其實的「愛的教育」，影響了我的一生。

《少女心事》
—— 宋詒瑞

作者細膩地描寫了真實又動人的少女情懷，如何度過生活上的種種順境逆境，如何對待幾次朦朧的情感躁動，如何由此漸漸成長成熟起來。被評為「實是一部不可多得的佳作」。

的讀物。她説：「並不是所有的兒童讀物都是優秀的。我認為：上乘的兒童文學，必須符合真、善、美這三個條件。首先，其內容必須是有意義的

積極的題材，能啟迪兒童心靈；其次，表達方式輕鬆有趣，富有童趣，能使兒童讀了覺得開心；再次，必須有精美的插圖和包裝，與文字相得益彰，能吸引兒童來讀，愛不釋手，甚至想一讀再讀，這才是最好的兒童文學作品。」

○宋詒瑞悄悄告訴你

我的名字宋詒瑞，很容易被人讀錯，有時把宋讀成朱，常見的是把詒寫成怡。最可笑的是一次在一家大出版社春茗的抽獎時，最後的大獎是……司儀小姐讀出「宋台端」，無人認領；她讀了第二遍，也無反應；將要讀第三次了，一位朋友對我說「宋老師，是你呀！」我恍然大悟，就假冒宋台端上台去領了一部手提電腦！小朋友，可別記錯我的名字呀，是——宋－詒－瑞！

退而不休，生活更多姿彩

第一次參加市政局中文故事創作比賽便得到了冠軍，這成為了促使宋老師不斷寫下去的動力。一路寫來，宋老師獲得了很多的獎項，包括：香港市政局中文兒童讀物創作獎故事組三次冠軍，兩次季軍，

▲ 在香港兒童文藝協會周年大會上演奏樂器的宋老師。

三次優異獎；新雅少年兒童文學創作獎兩次優異獎，其中《小小作家》被評為香港八十年代最佳十大兒童故事之一。其他的還有冰心兒童圖書獎、中學生十大好書龍虎榜等。「這些榮譽對我的鼓勵很大。感謝小讀者和文學界人士對我作品的關注和肯定，這激勵我更堅定地在兒童文學園地上不輟耕耘，為我們的下一代提供優質的精神食糧。」

最近，宋老師剛剛從大學教職退休，但是退休後的她生活似乎比退休前更忙，一來是稿約陸續有來，二來是要應邀去一些中小學及創作坊演講，傳授閱讀與寫作的心得體會。最近還應一慈善機構邀請，赴內地山區小學作義務講學。

宋老師直言：「很喜歡這些有關語言文字和教學的工作，我相信只要我頭腦還清醒，精力還充沛，我會一直工作下去，為我們的下一代奉獻綿力，爭取多做一些有益社會的事。在寫作方面，我會不斷寫下去，一方面，一些出版社約我寫稿，我也樂意完成這些任務，包括創作少年兒童小說、故事，以及編寫一些語文教材、補充教材，翻譯一些外國兒童文學作品，撰寫一些寫實故事、歷史故事等等。但是，我自己也還有一些創作計劃，要把自己的人生經驗以小說的形式寫出來，希望能在有生之年完成。」

2014 年香港兒童文藝協會理事會換屆改選時，推舉宋老師當協會會長，這項義務工作使她更忙了。但她團結了十幾位理事齊心協力推動會務發展，兩年來舉辦了滬港兒童文學作品研討會、遊覽地質公園、親子故事會、會員作品欣賞交流會、創作坊講座等大小活動，頗獲好評，所以今年又獲連任。她笑着說：「這次我已經物色了接班人，做完這屆我這奔八十的老人真的要退下來了！」

　　當筆者完成對宋老師的採訪時，門鈴聲響起，原來是宋老師的兩位學生來上課，跟宋老師學樂理。看着她們那認真的勁頭，我忍不住「咔嚓」一聲，拍下了她們學習的一幕。

以敏感而慈悲的心去
關注社會的作家 馬翠蘿

在馬翠蘿精緻的小書房裏，兩面牆壁的大書架上擺滿了書——有她和家人喜歡的不同類型的作家作品，也有她和丈夫及兒子各自寫的作品。馬翠蘿笑言，這可是他們家的「鎮家之寶」呢！

是兒子令我走上寫兒童文學的道路

　　書架裏還擺放着馬翠蘿歷年所獲得的獎座，以及兒子麥曉帆小時候的照片。小時候的麥曉帆長得十分漂亮，就像一個可愛的小姑娘。

　　馬翠蘿望着兒子的照片，笑瞇瞇地説：「我寫兒童文學，是從兒子出生之後開始的。曉帆出生後，看着他那張可愛的小臉，母愛大泛濫，我便動筆寫了一個童話小故事送給他。那故事名叫

《小木偶樂樂》，後來送去參加一個徵文比賽，得了三等獎。兒子稍大之後，很喜歡聽故事，手頭的故事書滿足不了他的需求，我便自己編故事講給他聽，兒子聽得很着迷。我想，別把這些故事浪費了，於是就把講給兒子聽的故事寫下來，送去發

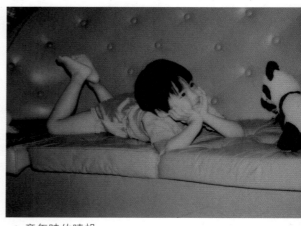

▲ 童年時的曉帆。

表。可以説，是兒子令我走上兒童文學創作的道路的。」

　　陪伴着兒子成長，留心觀察兒子和兒子的朋友，了解他們喜歡什麼，在想什麼，希望什麼，平時留意新聞傳媒中有關少兒的新聞等，這些給了馬翠蘿無窮的寫作靈感。但曾任職多年兒童圖書編輯和身為兒童文學作家的她，除此之外，還經常閱讀兒童心理學方面的著作，了解兒童每一個成長階段的不同心理，並向著名的兒童文學作家們「偷師」。

　　她很喜歡前蘇聯著名兒童文學作家尼·洛索夫的《全不知遊綠城》及《全不知遊太陽城》、瑞典作家阿斯特麗德·林格倫的兒童小説《長襪子皮皮》、著名偵探小説作家阿加莎·克里斯蒂的偵探小説等。她認為這些作品

都生動有趣、活潑幽默、情節出人意表，又彰顯善良和愛，對她的寫作風格影響很大。

「我認為：兒童文學必須兼顧可讀性、趣味性、閱讀收穫等不同層面，小讀者被故事吸引之餘，能得到有益啟迪，收到健康訊息，提高語文能力，這才算上乘的兒童文學作品。」

生活中有很多有趣的東西，成為我寫作的靈感和素材

馬翠蘿的兒童故事和少年小説屢屢獲獎，在於她的作品真切地寫出了成長中的兒童和少年的喜怒哀樂及所思所想。她説她的寫作靈感來自生活，「留心生活，觀察生活，捕捉生活中的點點滴滴。生活中其實有很多有趣的東西、閃光的東西、令人感動的東西，這些東西都帶給我無盡的寫作靈感和寫作素材。

「例如選入《香港兒童文學名家精選》之《重複的十五號》中的《我長大了》，就是發生在我兒子身上的一個真實故事。再如，有一天，我在路上見到一個醉醺醺的人，回家後就寫了《好爸爸的缺點》裏的醉鬼爸爸。沙士、南亞海嘯、四川大地震

馬翠蘿對你說

多讀書，讀好書。閱讀是提高中文能力的最好途徑。閱讀是開啟智慧之門的鑰匙。

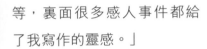

等，裏面很多感人事件都給了我寫作的靈感。」

馬翠蘿善於捕捉生活中的人和事，更以她一顆敏感而慈悲的心去關注社會上發生的一切，因此當 2003 年發生沙士、2005 年發生南亞海嘯，及 2008 年發生汶川大地震後，她分別寫出了《非典型女孩》、《跨越生死的愛》和《愛是你的傳奇》。這三本書均反映了在災難中人們互助互愛、逆境自強的精神。

由於寫作時會涉及多方面知識描寫，有些是馬翠蘿不知道的，這往往成為她寫作中的「瓶頸」。

她憶述以往寫作的情況：「《非典型女孩》是講述沙士的，有醫生急症室搶救病人的情節。自己不懂，便去向當醫生的親戚請教，上網查資料；寫《跨越生死的愛》和《愛是你的傳奇》時，有關海嘯和地震的很多問題都不清楚，便上網或到圖書館查資料。打印下來做參考的資料一大疊，足有一呎厚，我至今仍捨不得扔呢！」

說到這裏，馬翠蘿臉上突然綻開了燦爛的笑容：「我家裏還有個『智囊團』呢！當我有時故事情節接不下去時，就暫時擱下，幹點別的事。有時則和丈夫兒子聊聊，集中『羣眾智慧』，有時他們一句話就能讓我豁然開朗。」

**一本書能令讀者得到有益啟迪，
這是作家最開心的事**

　　細數書架上馬翠蘿所獲得的獎項，發現有：冰心兒童圖書獎、中學生好書龍虎榜十大好書、小學生書叢榜十大好書、教育城十本好讀、我最喜愛的作家等。不過，馬翠蘿說獲獎固然令她高興，覺得自己的作品被讀者及社會認可，也成為自己繼續努力寫作的動力。但最令她高興的卻是讀者對她作品的喜愛和能對讀者起到鼓勵作用。她說：「有一次我應邀在中央圖書館做講座，有位姓蕭的小學生說很喜歡我的作品，每本都看了很多遍，以至能背誦。我初時還不信，她媽媽讓我任意指一本書裏的一段，我便讓她背《公主傳奇》裏的一段有關彈古琴的段落。沒想到小讀者真的一字不漏地背了出來，令我既驚喜又感動。後來我還跟蕭小朋友成為好友。

　　「而我最意想不到的是，兩名因犯事及違反感化令被判入女童院

馬翠蘿邀你讀

《安妮日記》
——〔德〕安妮·弗蘭克

第二次世界大戰中，小女孩安妮與她的家人為了逃避德國納粹的搜捕，在一間暗無天日的密室裏躲了兩年。《安妮日記》記載了這段苦難的日子，展現了一個堅強少女在絕境中的樂觀，以及在艱苦環境中的情感經歷。

《長腿叔叔》
——〔美〕珍·維伯斯特

講述了樂觀上進、自強不息的小孤女茱蒂的成長經歷。內容曲折感人，文字生動幽默，插畫趣味盎然，被媒體稱為「一本百年難得一見的好書」。該書曾多次被改編為電視劇、電影、舞台劇、戲曲、卡通片等。

▶ 馬翠蘿給小讀者簽名。

的十四歲女孩，讀了《跨越生死的愛》後，被書中的故事感動，明白親情可貴，生命可貴，將感想寫出，參加『新地開心閱讀計劃』讀書報告比賽，得了優異獎，並由此決心奉公守法，做對社會有用的人。一本書能令讀者得到有益啟迪，這是作家最開心的事。」

兒子能超越我，那是我最希望的事

兒子麥曉帆是一位新晉的年輕兒童文學作家，他的作品文字幽默風趣，故事情節常常出人意表，因此深受讀者喜愛，多次獲獎，甚至有一年

馬翠蘿悄悄告訴你

有一次我去看病，那醫生一見我就問：「你是不是一位作家？」我嚇了一跳，這醫生我第一次見啊，他怎麼知道我是幹什麼的？醫生的第二句話就更嚇人：「你的名字我耳朵都聽出繭來了。」天哪，名字令醫生耳朵聽出繭來的病人，那該病成什麼樣子啊！別嚇唬我好不好。這時，醫生自己揭曉了：「我兒子今年讀小學，他們老師常常要學生背課文，我這幾天都聽他一遍又一遍地背着『第四課，站在謝婉雯的銅像前，作者，馬翠蘿……』」

和馬翠蘿同台領獎，吸引了傳媒追訪報道。作為媽媽，她由衷地為兒子所取得的成績而欣喜。

▲ 馬翠蘿和兒子麥曉帆一同獲獎，傳媒爭相採訪。

「曉帆多次獲獎後，有很多朋友問過我，怎樣把兒子培養成一個如此出色的作家。説來慚愧，本人作為職業女性，業餘時間還要寫作，所以從沒刻意去教兒子寫作。自己能做到的，就是鼓勵曉帆多讀書，讀好書，讓曉帆自小養成閱讀習慣。閱讀是提高寫作能力很好的途徑，曉帆的知識是多方面的，有很多連我都自歎不如。我想他長大能成為作家，是因為大量閱讀的結果。

「曉帆自中學起便顯出他的寫作才華，我有時翻他的作文來看，頗覺有趣。記得他曾寫了一篇作文叫《一家之煮》，十分幽默有趣。他的班主任把作文推薦到報刊，刊登了，他那篇文章剪報我至今仍保存着。

「也有朋友問我：麥曉帆的作品深受讀者喜愛，以其之年少，日後有可能青出於藍而勝於藍。你們母子二人存在競

▶ 和兒子麥曉帆一同為香港文學節做講座。

爭問題嗎？我說：並不存在競爭問題。我們兩人寫作的風格不同，所反映的題材也大多不同。不過說心裏話，兒子能超越我，那是我最希望的事。」

未來我很希望能全職寫作

馬翠蘿目前任職於教科書出版公司，每天工作都十分繁忙，但她仍以每年兩三本書的創作產量推出新作品。目前，她創作的《公主傳奇》已出版了十八冊，不但深受香港小讀者追捧，被內地出版社購買版權後，也令內地出現無數「公主迷」，初版便有二十萬冊銷量；另一個深受歡迎的《星月童話》系列，被內地出版社看中出版，也在內地引起一股「星月旋風」。馬翠蘿表示接下來她會繼續為《公主傳奇》系列續寫馬小嵐的勵志故事；另外還

▲《公主傳奇》被內地出版社購買版權出版（改名為《智慧公主馬小嵐》），同樣深受內地小讀者歡迎。

會繼續就一些青少年關心的話題，寫青少年成長故事。

　　停了一會兒，她說：「最近在公司忙於為小學語文教科書撰寫課文，以及編選延伸閱讀材料，業餘時間完成了《公主傳奇》系列第十八本。說實在的，工作、寫作兩兼顧，回家還要料理家務事，頗感辛苦。但看到作品受讀者喜愛，覺得辛苦也是值得的。未來我很希望能全職寫作，為小讀者寫更多他們喜歡的書。」

　　我相信，馬翠蘿若全職寫作，必定會寫出更多的好書，我和小讀者們翹首以待。

喜歡不斷嘗試，
不斷創新的作家

周蜜蜜

周蜜蜜是一位喜歡不斷嘗試、不斷創新的
兒童文學作家，她對時代的觸覺十分敏銳，很
多社會新話題，很快就會出現在她的作品中。
在一個晴朗的夏日早上，我對她作了一次訪
談，聽她細述她如何走上兒童文學創作道路。

我中學時就喜歡寫作

時光倒回到二十世紀的七十年代。

周蜜蜜說：「我是上世紀七十年代末開始寫作兒童文學作品的。我中學時就喜歡寫作，不過文革①時沒有創作的園地。我後來到廣州近郊做知青②，農場的場長很重視文化，他安排我到廣播站工作，每天都要採訪及寫稿，這為我積下了寫作經驗。調回廣州後，《青少年報》邀請我寫稿，我寫了一篇童話《故事書的故事》。

這是一篇很有社會性的作品，以書自述的口吻講述它文革前被鎖在櫃子裏，小朋友沒有機會讀書，打倒『四人幫』後它重見天日，和小朋友見面。當時很少有人這樣寫童話，因此引起很大的反響。

「1979 年移居香港後，我加入電視台工作，做兒童節目《醒目仔時間》的編劇。當中有一個《布公仔劇場》，我需要每天編寫結合兒童生活的劇本給演員演出，由此開始編寫兒童劇本。

「後來認識了何紫先生，他邀請我寫稿，開始時是寫《香港掌故》，講述一位退休教師帶領小朋友遊歷香港，接着創作長篇童話《神面小公主》，後來創作了《兒童院的孩子》。何紫先生提名我參加香港中文文學雙年獎，本書獲得了第一屆兒童文學雙年獎。

「我又曾參加新雅多次的寫作比賽，並且獲獎。又在報紙主編《兒童副刊》……就這樣，我一直走來，一直寫下來，不知不覺已三十多年。」

①文革：即文化大革命，是 1966-1976 年在內地發生的一場重大政治運動。
②知青：「知識青年」的簡稱。指從 1950 年代開始，一直到文化大革命結束為止時自願或被迫從城市下放到農村做農民的年輕學生。

寫作靈感主要靠平時的生活積累和觀察

周蜜蜜的作品，常能活靈活現地刻畫出兒童的神態和心理活動，有很強的生活氣息，很容易引起兒童的共鳴，因此，我問她從何處取得寫作靈感和怎樣捉摸兒童心理。

她説：「這主要是靠平時的生活積累和觀察，積累得多，有時創作時就會從這件事聯想到其他事，這樣就會產生靈感。當然，也有自己的童年經驗和觀察自己的孩子。

▲ 周蜜蜜到學校和學生交流。

「至於捉摸兒童心理，那就是我盡量用他們的眼光去看事物，用他們的心去思想。當然，不同的作品會有所不同，而且還要看這個作品是寫給哪個年齡層的孩子看，有的是幼稚園學生，有的是小學生，有的是中學生。不同年齡的兒童，他們的心理也不同，這些我都會留意。

「和讀者的緊密聯繫，對我捉摸兒童心理也很有幫助。我的讀者很多，他們常常寫信給我，有個讀者甚至從幼稚園到讀大學，都和我保持聯繫，他考上哪間小學、哪間中學，以及哪間大學，他都寫信告訴我。」

○ 周蜜蜜對你說

生命誠可貴，
閱讀伴你長。
寫出心中想，
人人齊共享。

兒童文學寫作的「輕」和「重」
要處理得好

　　從開始創作到現在，周蜜蜜在香港、內地和台灣等地出版的著作已達100多部，她的作品種類繁多，包括童話故事、短篇小說、科幻故事、環保故事、散文、遊記、長篇小說等等，涉及的範疇十分廣。周蜜蜜說由於創作時所涉及的層面較闊，有時寫作時也會遇上瓶頸。

　　她說：「遇到這種情況，我通常把筆放下。尤其是寫科幻故事的時候，怎樣去突破一個情節的轉化，或是人物性格的轉變，經常會有一些地方被卡住。這是很正常的，如果太順暢，有時反而會流於簡單化。碰上這種情況，我就會停下來，再多看些資料，或者是做做其他事情，然後再想。」

　　周蜜蜜常應邀為兒童做各種各樣的講座，她熱愛兒童，十分關注兒童的身心健康，因此，對於怎樣的兒童文學作品才稱得上優秀，她有着一份執着的堅持。

　　「我認為優秀的兒童文學作品，一定要具備以下三個方面的因素。第一，要有趣味，對小朋友有吸引力。若不能吸引小朋友閱讀，那怎麼算得上好作品呢？因此，古今中外優秀的兒童文學作品都很符合兒童的心理，讓兒童覺得有趣，覺得你說出他們想說的東西。優秀的兒童文學作品，必須包含科學道理、生活哲理和常識。我常常強調這三項元素。

「第二，要對兒童成長有益，有幫助，能幫助兒童身心健康成長。第三是兒童文學寫作的『輕』和『重』要處理得好，才算是好的兒童文學作品。『輕』是指不要『水過鴨背』，讀者看完就算，沒有任何的收益。好的兒童文學作品，必須有社會意義，有人生哲理，能幫助兒童成長。」

影響最大的作家有冰心、林海音和媽媽黃慶雲

周蜜蜜的媽媽是著名兒童文學作家黃慶雲女士，有人說周蜜蜜在文學創作上取得成就，那是因為得到她媽媽雲姨的真傳。不過，雲姨告訴我：「蜜蜜 in（指創作上的成績）不是我的作用，反而是她幫助我不要 out（指和時代脫節）。」我把此話轉告周蜜蜜，她不由大笑起來。

她說：「影響我的作家有很多，當中接觸過和比較親密接近的有冰

周蜜蜜邀你讀

《快樂王子》
——〔愛爾蘭〕王爾德

本書是於 1888 年 5 月出版的一個奇幻的創作童話，但其中的細節和內容，卻真實而深刻地反映了社會不公的現象。

《月亮的女兒》
—— 黃慶雲

這是一本童話書，文字和內容優美感人，有如一束美麗的鮮花，讓小讀者感受到世界因故事中的角色而變得更溫馨、更親切。

周蜜蜜和作家林海音。

心。我很小的時候，媽媽就帶我去見過她，而且我很喜歡她的作品。第二個是林海音，她和我情投意合，我去台灣旅遊，她還邀請我住在她家。我看過她很多作品，包括著名的《城南舊事》。我的作品她也看得很仔細，有時還會提出意見。她喜歡的，就拿去刊登。

「當然，還有我媽媽。我從小就看她的作品，我們經常討論、交流寫作上的問題和心得，她也會聽我的意見。」

最特別的創作趣事是女兒要種牙牙送給嫲嫲

談到創作生涯中有哪些有趣和難忘的事，周蜜蜜一件件細數：「有趣和難忘的事情很多很多，最有趣的，是我女兒小時候脫了一隻牙齒，她到處找花盆。我問她要幹什麼，她說：『我要種牙，種出來的牙是真的，送給嫲嫲，這樣嫲嫲就不用戴假牙了。』我覺

> **周蜜蜜悄悄告訴你**
>
> 有一次，我要到一個離島上的小學演講，校長打電話來，非常熱情地說要親自到碼頭上接我。當天船到碼頭以後，年青的女校長滿面笑容地迎上來，告訴我童時的她是我的小讀者，聽過我演講，得到過我的簽名小書。
>
> 我真是被大大地嚇了一跳！

得很好笑，因為這是大人們不會想到的，這就是童真、童心啊！於是我便把這事寫成了一首童詩《種牙牙》，投稿到《兒童日報》。編輯告訴我，排字房的工人一邊排字，一邊笑彎了腰。後來林海音看到了，也很欣賞。這首詩後來還獲獎。女兒看到這首詩，說：『這是我的版本，我要拿回版權。』」回憶起此事，周蜜蜜仍忍不住哈哈大笑。

「其他特別的事還有，有的讀者後來和我是同事，有的讀者做了教授。有一次我到太空館參觀，那兒的主管對我說，他很喜歡看我的作品，小時候就曾看過我的《尋龍探險記》。而最特別的事，是我媽媽的讀者也和我有密切聯繫，例如豐子愷的女兒豐一吟。她父女二代人，與我母女二代人，既是作者，又是讀者，彼此之間的關係超乎尋常，很有意思。」

▼ 周蜜蜜和作家莫言。　　　　　　▼ 周蜜蜜和作家金庸。

獲獎鼓舞了我不斷前進，不斷創新

我瀏覽着周蜜蜜客廳裏的巨大書架，發現裏面既有古今中外的文學名著，有她和她媽媽的作品，還有一些文學獎座。

細數下來，周蜜蜜所獲得的獎項，幾乎囊括了香港和內地各種重要的兒童文學獎：八十年代最佳兒童故事創作獎、香港首屆兒童文學雙年獎、冰心兒童文學獎、張天翼兒童文學獎、香港中文文學創作兒童文學獎、香港首屆書獎和香港環保兒童故事獎等等。

周蜜蜜説：「每次獲獎，都鼓舞了我在兒童文學創作道路上不斷前進，不斷創新。也令我想起了一些前輩對我的鼓勵，尤其是《兒童院的孩子》獲首屆兒童文學雙年獎的時候，我很遺憾何紫先生不能看到我領獎。他對我的鼓勵，我一直沒有忘記，也因此，我告誡自己不要辜負何紫先生和讀者的期望，一直寫下去。」

我印象中的周蜜蜜，總是來去匆

▲ 周蜜蜜上電視節目受訪。

「南國書香」上，周蜜蜜與小讀者
留影。　　　　　　　　　▶

匆的。確實，她是生活中的大忙人，而且她很多時候都走在別人
的前面，當電子書方興未艾時，她的兒童文學創作也進入了電子
書階段。談到她最近的寫作計劃，她說：「我將寫作與歷史、中
國文化、神話及和兒童生活有關的兒童文學作品，並計劃出版 8
本有關的書籍和教科書，以及到大、中小學推廣兒童文學閱讀與
寫作。」

我一直是個「孩子王」

陳華英

在二十世紀七、八十年代的香港，有一批志同道合的兒童文學作家，他們熱切地關注兒童的健康成長，熱誠地為他們創作各種有趣益智的故事，陳華英小姐便是其中的一位。

遠隔萬里重洋，我用電話採訪了現在身居加拿大的陳小姐。

隨着朗朗的笑聲，陳小姐在電話的另一頭向我講述她走上兒童文學創作道路的點點滴滴。

混在孩子堆中，寫作題材源源不絕

　　「我是不經意地去寫的。我四、五歲的時候，媽媽在內地一個鄉村當教師，還負責管理圖書。那時內地條件簡陋，圖書被放在紙皮箱裏收藏在我們的牀底下，每晚睡前我們幾兄弟姐妹都翻看裏面的圖書。來港讀小學後，我有機會看到更多的圖書，因此，我自幼養成了閱讀的習慣，文字的根基也打下了。

　　「我真正執筆寫作，大概是上世紀八十年代中期吧！ 1980 年

至 1984 年，我在亞洲電視為兒童節目編寫劇本，當時的上司梁立人很喜歡我寫的故事，這給了我很大的鼓舞。二女兒出生後，我離開亞視，就為當時的《兒童日報》、《故事時間》、《故事王國》以及一些親子刊物撰寫故事。」

陳小姐笑言她一直都是一個「孩子王」，從童年到現在，她都混在孩子堆中，和孩子們一起成長。

小時候，生活在平民屋苑，整天可以和鄰居的小伙伴玩；當教師，擔任童軍領袖，又令她每天都有機會和很多孩子接觸；即使移民加拿大後，她的工作仍然是和孩子們相關的，而她本身又是三個孩子的媽媽。這樣的「得天獨厚」條件，令她對孩子們的喜好、憎惡、心理狀態、遇事的反應都很熟悉，寫作時不需刻意的揣摩。而他們身上所發生的各種有趣事情，常常可轉化為她故事中的素材，因此她常常靈感不斷。聽着陳小姐講述那些趣事，我也忍不住的哈哈大笑。

陳小姐接着說：「至於童話故事和幻想故事，則都是用動物、花花草草、雲兒風兒星兒月兒等作主角編給子女聽的睡前故事，或是給低幼年級學生說的故事。而科幻故事，多是從一些科學雜誌或報章上取得靈感。」

◀ 陳華英和她的子女。

好的兒童文學能帶給兒童勇氣、樂觀和希望

　　説到創作上會否遇到瓶頸的問題，陳小姐説：「有的，通常是兩種情況。如果遇到故事內容、結構、鋪陳方面的問題，我就暫時把它放下，再找找材料，在腦子裏多轉轉，待發酵成熟方把它寫下來。但如果遇到題材方面的問題，我就要另闢蹊徑。比如：移民後，我和香港的小朋友隔遠了，我就多寫幻想故事和童話，或者是以華裔移民的小朋友為藍本。2010年獲得香港文學創作獎的故事《最美麗的十四天》就是以一個土生華裔小孩為主角的。但為了讓香港小朋友讀時覺得親切，我把故事的主角改為讀國際學校的香港學生。故事講述一個十二歲的香港男孩跟隨叔叔到秘魯做義工的所見所聞所思，很多讀者説很受感動呢！」

陳華英對你說

親愛的小朋友，在你們成長的路上，不盡是和風細雨，有時也會陰雲蔽天。但是，不要怕！你的身心會一天比一天強壯；你的身邊有關愛你的父母、師長、同學和朋友。只要鼓起勇氣，奮力向前，一定會度過難關的。不要怕！勇敢地迎向成長路上的春夏秋冬！

▲ 給小朋友講故事。

　　陳小姐認為：「好的兒童文學建基於純真、善良、美好和愛，能帶給兒童勇氣、樂觀和希望。當然，還要有趣味，為兒童所喜愛。最上乘的兒童文學作品可跨越時空和地域，有普世價值。例如《醜小鴨》對自卑者的鼓勵；《賣火柴的女孩》寫出貧窮的人對美好生活的嚮往，對弱小者的深切同情；《國王的新衣》對謊言及崇拜權勢、專家者的嘲弄，指出只有最真誠的心方可把謊言戳破；《巨人的花園》對愛與分享的讚揚等，都具有跨越時空的普世價值。」

黃慶雲和梁立人有關創作的談話銘記於心

　　每一位作家的成長路途中，都有對她影響至深的人物，談到哪一位作家對她影響最大時，陳小姐說：「兒時，《安徒生童話

集》、《伊索寓言》和《一千零一夜》都是我的摯愛，對我的影響很大。至於動筆寫故事時，有兩位人士的說話，我銘記於心。一位是兒童文學作家黃慶雲姨，二十多年前的一個冬夜，我聽了雲姨的一個演講，講題是什麼我已經忘記了，但很記得她一個生動的比喻。她說『把匙羹放在碗裏』，在兒童文學中可以寫成『小匙羹快樂地投進碗媽媽的懷裏』。當時我琢磨着：多形象化呀！有了畫面，又帶給兒童溫馨喜樂，這個比喻令我寫兒童故事的手法開了竅。

「第二位是我在亞視的導師梁立人先生。他教我：一套劇集在開始的前五分鐘內就要抓緊觀眾的心，否則他們就會『轉台』。又說要多寫些場景和內心的刻畫，不要單靠對白。還提醒我：一個劇本在自己手中一定要修改至完美，它一拿出去就不受你控制的了。這些提示在我創作兒童故事時一樣管用。

陳華英邀你讀

《安徒生童話集》
　——〔丹麥〕安徒生
在安徒生的童話世界中，不是一切都完美的，如《人魚公主》、《醜小鴨》、《賣火柴的女孩》、《國王的新衣》等故事，有時都會帶給我們一絲悲傷凄美的感覺，但卻使我們從苦澀中學習寬容與諒解，愛與被愛，自信與自尊。

《西遊記》
　——吳承恩
慈悲忠厚的唐僧，聰明勇敢的孫悟空，好吃懶做的豬八戒和任勞任怨的沙和尚西出取經。在旅途中，他們遇上各種有着稀奇古怪本領的妖怪，卻都給他們一一化解。他們的經歷，會引領我們走上一個精彩熱鬧的奇幻旅程。

直至現在，我送到出版社去的故事，都很少需要修改的。」

讀者的反應令我感動，也很受鼓舞

說到創作過程中有哪些難忘或有趣的事，陳小姐滔滔不絕：
「難忘的事是寫《泳池驚魂》的取材。當時我帶五歲和七歲的兒
女一起學跳水。到我跳的時候，我比他們還要害怕，撲通跳下水
池中，一直往下沉往下沉，不知何時才能爬升。到了池底，竟然
發覺躺着一個臉色蒼白的少女，我立刻雙腿一蹬，倉惶升上水面，

陳華英悄悄告訴你

我剛開始當老師的時候，在一間鄉村學校任教，很
多事物都不知曉，和你們一樣，對世界充滿了好奇。

一天，一個一年級的小同學煒國，正津津有味的吃着一個
大雞蛋。他告訴我，它是雙黃蛋。他家的母雞專下雙黃蛋！

「那麼，孵小雞的時候，孵出來的是一隻雙頭的小雞抑或兩隻
小雞呢？」

「老師，你也不知道嗎？」煒國瞪大了眼：「我今晚問媽媽去。」

第二天，答案來了，還伴着他媽媽送的一籃雙黃大雞蛋。

身為老師的，向一年級學生請教，是不是很「瘀」呢？但是，
我是不怕瘀的，因為，至少我知道答案了。其實，我倒希望
你們像我一樣有好問的精神呢！

嗆了不少水，教練拉起我，我大叫救命。弄清事件後，泳池警鐘大鳴，救生員撲通撲通跳下水去，拖出這個女子，送到醫院去。直到現在，我還忘不了這一幕。由於害怕小朋友溺水，便寫了這個警惕小孩嬉水的故事。

「還有，是到了溫哥華之後，有幾位帶孩子來跟我學中文的家長説認識我，我覺得十分奇怪。原來她們是説，在香港時都買過我的書給她們的孩子看，有些還説每晚睡前都給孩子講我寫的故事。這令我很感動，也很受鼓舞。

「最有趣的是寫《漫遊雪鄉》時，帶著三個幾歲大的孩子遊張家界時遇到大雪。他們當時天真爛漫，把漫山的積雪當作雪糕，在農家的茅廁中小便，伴着雞鳴鴨叫狗吠牛哞豬嚎，他們稱之為『尿尿交響曲』，現在想起來還覺得好笑。」電話那邊，又響起了陳小姐愉快的笑聲。

最喜歡寫科幻故事和幻想故事

陳小姐的作品曾多次榮獲獎項，包括 1987、1988、1990、1991、1996、2010 年香港中文兒童讀物創作獎的冠軍或亞軍，1988 年度香港兒童文藝協會舉辦的兒童小説創作獎，1994-1995 年度及 1996-1997 年度香港中文文學雙年獎的推薦獎。

陳小姐説：「1987 年得獎時，我剛開始寫作兒童故事，這對我來説是一種肯定，增強了我對兒童文學創作的信心。隨着陸續的得獎，更是很大的鼓勵，牽引着我走進了兒童文學寫作的園地。」

陳小姐的作品體裁多樣化，包括童話、生活故事、校園故事、幻想小説、科幻故事等等，我問她最喜歡創作哪一種體裁的作品。她告訴我説：「不同的時段我喜歡創作不同的作品。當教師時，校園故事信手拈來，自然喜歡寫校園故事。自己的子女出生後，分享他們成長的喜悦，我便寫生活故事，故事中都隱隱然有他們的影子。但我最喜歡的還是寫科幻故事和幻想故事，大概我是一個喜歡天馬行空、胡思亂想的人吧！」

將來，希望多看點書和出外旅遊

1995 年，陳小姐舉家移民加拿大，定居溫哥華。「原因是三個子女的教育問題。這裏的教育較自由化，小孩的創意空間較大，功課也較輕鬆。我也喜歡這裏山明水秀、遍地花木的環境。」

移居加國後，因為要教學及照顧孩子，陳小姐寫作的步伐緩了下來，尤其是 2000-2010 年這十年間，只出版了一本科幻故事、四本生活故事、一本圖畫故事和一齣兒童劇。作品雖然少，但不少是佳作，如《最美麗的十四天》獲得 2010 年度香港中文文學創作獎 (兒童文學組) 的首獎；記述兒時和父親一起度過冬夜的《寒冬小吃》在 2002 年收錄在香港中學二年級的課本內。

陳小姐還告訴我：「我現在在溫哥華擔任加拿大華裔作家協會理事，同時為一份中文報章當編輯，還在一些中文報章寫散文及專欄。經常為兒童作文比賽、故事演講比賽當評判，生活十分充實。最近，我以《灰角老屋懷想》獲得 2013 年『第一屆加華文學獎』散文組第二名。以《鹹魚青菜飯久長》入選 2014 年『第一屆世界華文散文大賽』佳作。將來，我會減少教學工作，多看點書和出外旅遊。我還希望整理一下我的專欄文稿，出版散文集及多寫一些兒童科幻小説，為兒童的閱讀範疇多增添一點趣味。」

心靈相通，
共同創作的
文壇姊妹花

潘明珠
潘金英

德國的格林兄弟以他們那些膾炙人口的童話享譽文壇，在香港，也有這樣一對文壇姊妹花，她們就是被著名兒童文學家、大翻譯家任溶溶先生笑稱為「格林姊妹」的兒童文學作家——潘金英和潘明珠。

從外表上來看，她們的長相並不特別相似，但在訪談過程中，我則常感覺到她們姊妹倆意念契合、心靈相通，難怪她們很多作品都是共同創作的呢！

喜歡兒童文學，是受何紫先生的影響

「從小，我倆就像孖公仔，一起遊玩，一起上學。小時候，我們喜歡閱讀童話和故事圖書，就把零用錢都儲起來，每半個月買一本童話或兒童文學半月刊來看。我們的哥哥曾在外國生活，回港時帶回一些像『立體圖書』那樣的玩意，這玩意打開後就是一個小舞台，還有很多不同造型的紙牌。我們拿着紙牌就在森林舞台上演一台戲，我們扮演獅子、黑熊等動物，仿照看過的書本

姊妹倆長相並不特別相似，但在創作路上卻意念契合、心靈相通。
（左：潘明珠；右：潘金英）

內容，自創對話，幻想出一個個小故事來，創作的興趣大概由此培養的。」話匣子剛打開，潘金英就向我道出了她們兒時的趣事。

潘明珠接着說：「我們喜歡兒童文學，很大程度是受何紫先生的影響。小時候我們已很喜歡寫作，曾投稿至《華僑日報》、《星島日報》，當時何紫先生是《華僑日報》的編輯，刊登了我們的文章，更寫了評語。有一天他打電話到我們家，邀約我們這些小作者聚會，更鼓勵、支持我們出書，後來，我們的作品被編成《雪中情》、《寶貝學生》等書。中學時，我們常一起構思小說故事，有一次投稿到突破雜誌舉辦的徵文比賽，獲得冠軍，當時的主編蘇恩佩女士邀請我們定期給雜誌寫少年小說，從此便展開了我們兒童文學的創作路。」

捕捉了意念，便一起討論小說架構，輪流執筆

潘氏姊妹一直從事教育工作，姐姐潘金英曾任職中學圖書館主任，現仍在中學任教；妹妹潘明珠不但曾擔任香港兒童文藝協會會長，現在更是大細路劇團董事。這些工作經驗為她們帶來了很多的寫作素材和靈感。而最特別之處，則是兩姊妹從各自的生活體驗中，把自己的所思所感共同冶煉出一個個有趣的故事。

當我問及她們是怎樣共同創作故事，以及怎樣捕捉兒童心理時，心直口快的金英立即笑着說：「那可真是有趣的經驗和歷程。

我們的故事題材都取自生活，我身為教師，最愛與學生談天，學生有不同的性格、故事，從中得到不少靈感。例如《暖暖歲月》中，愛陶泥雕塑的主角就有我學生的影子。明珠曾到東京留學，之後做時裝工作又周遊列國，那些大開眼界的外遊經驗給我們添加創作新意念。有時，我們捕捉了意念，便一起討論小說架構，輪流執筆，又一起修改，過程中很有默契，也常在互動中擦出火花。譬如有時明珠把結局說出來時，我發現那正是我自己心中所想的呢！」

說到這些創作過程的趣事，她們姊妹倆不由相視而笑。金英接着說：「我們合作寫的第一個故事叫《籠中鼠》，反映的是會考生的壓力。那時我讀中五，明珠讀中四，我們都為要參加會考而深感壓力，於是大吐苦水，結果我們寫成了這個故事，在比賽中竟獲得了冠軍。也由此，我們覺得好像上天給了我們一種提示，讓我們一起共同創作。」

潘金英對你說

孩子，你要相信你的能力，別小看自己！當你能夢的時候，不要放棄夢想。人生重要的，是所朝望的方向；你做事做人，要認真專一，必將可實現夢想！

潘明珠對你說

親愛的小朋友：你和書本及紙筆做好朋友吧，多閱讀，會使你精神浩瀚，感受到天地廣闊；多寫作，會使你的想像活躍，心靈富足！

以兒童視角來感受兒童所思所想

▲ 潘明珠於電台接受訪問談兒童文學。

明珠補充說：「我是比較理性的，金英則是比較感性的。因此童話中的細節多出自金英的手筆。我想我們是感性和理性相結合吧。不過總的來說，童話、生活故事及劇本我們是共同創作，但散文或詩歌則是各自寫各自的，因為這兩種體裁個人的色彩比較重。

「至於怎樣捉兒童心理，對於我們來說，這不是難事。在家庭、學校、工作環境中，都會面對不同的兒童，我們跟他們相處，分享及分擔他們的歡喜和煩惱，了解他們的所思、所想和價值觀，那麼在創作時，便不難捉摸兒童的心理。還有，創作人儘管有不同的成長歷程，童心感受卻是相通的，故最重要的是，別因為長大了，自以為是成年人了，便淡忘了自己的童心，必須喚回童年記憶，常保有童真，以小孩那種好奇心來看大千世界，才能以兒童視角來感受兒童所思所想。」

不少作家在創作過程中都或多或少的遇到一些瓶頸，我很好奇這對姊妹花有沒有這樣的體驗。她們異口同聲笑著說：「有啊，不過好像雲姨（著名兒童文學作家黃慶雲）所說的，我倆是『雙打』，合力之下，比較容易克服吧！」我聽著她們的回答，忍不

住笑了起來，好一對文壇姊妹花，果然心靈相通。

　　停了一下，明珠說：「當然，對業餘創作者而言，時間和『死線』是我們的天敵，若在創作過程中沒有時間商議一些小說情節，或寫不清人物內心抉擇等，也即遇到瓶頸，我們就互相談論，有時甚至『通頂閉關』——不眠不食、一切事物不理，『一條氣』努力揮筆，直至寫成為止！有時，在瓶頸地帶，我們也會暫時放鬆，嘗試與自己塑造的小說人物交流。好神奇！在想像中人物彷彿活起來，他漸漸會告訴我們下一步應如何發展呢。」

優秀的作品能給予兒童真、善、美、愛

　　在訪談的過程中，我發覺得她們姊妹倆十分重視童心童真的保護，她們認為成年人的社會是複雜的，但孩子的心靈是純真的。在他們美好的童年，希望可多提供一些反映

潘金英邀你讀

《草房子》
—— 曹文軒

《草房子》是長銷 100 版的長篇小說，文字有深度，充滿精緻想像與美感，情節曲折，敍述主角桑桑，在油麻地的村莊與學校裏，經歷着刻骨銘心的小學生活，反映了成長的坎坷、見聞和喜悅。

《上種紅菱下種藕》
—— 王安憶

獲中國時報十大好書獎及聯合報最佳書獎。寫十歲的秧寶寶因父母外出經商，離開鄉下的老家，寄宿在李老師家中。這一年她看到和經歷了許多奇怪的人和事，她漸漸地成長了，卻又要離開，故事在微微的感傷中讓人感到人間溫暖。

人間真善美的作品去熏陶他們的心靈，這並不是迴避社會問題，而是希望在他們走向社會之前，用這些美好的故事為他們塑造了一個強健的心靈，培養了他們的正能量。這樣，即使日後他們遇到問題，都會往好的方面去想、去看、去尋求正確健康的解決途徑。因此她們認為：能給予兒童真、善、美、愛，令他快樂或得着正能量的，助他康樂成長的，就是上乘的兒童文學作品！若以童書饗宴作比喻，優秀的作品可從色（出色內容和寫法）、香（香飄四方的好評）、味（令人回味無窮）這三方面去「品嘗」，不單小朋友會欣賞，大人看了也有所感動。

潘金英、潘明珠**悄悄告訴你**

童年時，我們常和弟妹玩的遊戲就是扮演和自創故事，讀了武俠的故事，便想像自己要行走江湖，在原野策騎奔馳，尋求天下寶劍；還偷偷把媽媽帶回家的手工業膠花鋪滿一地，躺在上面，扮作要在森林中露宿一宵，自得其樂。若給媽媽發覺，要挨罵了，便拋出一條繩子，施展「絕技」飛簷走壁地溜之大吉，把它當作挫折，堅持要竭盡全力繼續尋寶！

不同階段受不同作家的影響

從《籠中鼠》開始，她們姊妹倆不停創作，已出版的合著作品有80種；亦常參加一些文學比賽。一路下來，她們獲得了中港台多個文學獎項，包括：上海小百花獎、香港電台故事銀筆獎、全港青年學藝寫作冠軍、中文文學獎、青年文學獎、「中學生好書龍虎榜」十大好書之一、台灣國語日報牧笛獎等等。

這當中，她們覺得最特別的，是獲得校協戲劇社的劇本創作比賽優異獎、大專戲劇創作演出獎、明日劇藝小樹苗劇本優勝佳作獎等，因為她們喜歡跨媒介的嘗試。中學時期，她們已參加了戲劇組，台前幕後也參與過，大學時也曾拍攝布偶動畫影片。

回顧自己的創作路，她們感謝不同作家給她們的啟發和文學滋養，她們細數了影響她們成長的每一個階段的作家：

童年時代，最受安徒生、王爾

潘明珠邀你讀

《水上人家》
—— 何紫

香港的海港在填海前是怎模樣？生活在艇上的人有什麼故事？讀香港兒童文學名家何紫著的兒童小說，不單可讓孩子認識長輩的童年生活，還可藉故事讓孩子感受當中的香港精神，培養少年兒童高尚的情操。

《長着翅膀遊英國》
—— 桂文亞

讀着桂文亞這本青少年遊記文學，像以心靈的眼睛跟着她的腳步，漫遊英國，泛舟劍河，陶醉於劍橋的美，更獲得許多寶貴的知識。可見旅遊之真正樂趣，是經由發現世界來認識自己，使自己成為眼界和胸懷開闊的人。

潘金英、潘明珠
佳作推薦

德、格林的童話和何紫的生活故事影響；青少年時期，最受三浦綾子、魯迅、黃春明、狄更斯、羅爾德·達爾（Roald Dahl）的小說及小思和阿濃的生活散文影響，還受何達的詩歌和影評影響；成年時期，最受卡夫卡、張愛玲、村上春樹、也斯、西西、莫言的小說和莎士比亞、杜國威、一休的戲劇所影響。正是這豐厚的文學養分，令她們的創作源源不絕。

▲ 潘氏姊妹的故事《神奇的毛衣》
　由一休（中）導演。

創作與時並進

　　身為亞洲兒童文學會中國香港區的召集人，她們姊妹倆相當忙碌，她們常到兩岸四地及歐亞洲、倫敦、波隆那等地出席兒童文學研討會及演講。她們覺得參加這些活動可以有機會認識更多優秀的兒童文學家、學者和出版人，一來可擴闊自己的視野，二來還可建立珍貴的友誼，殊為難得。

　　而邁入電子時代發展，她們的創作也與時並進，她們曾為香港大學的現龍學習網寫一系列的童詩和故事，並開始寫 EBook 電子故事，已完成了十多個中、英文德育故事；還計劃出版富創意的可愛繪本「動物之光」系列等，將在內地發行。

　　訪談結束，兩姊妹各自往不同的方向離開。雖然她們工作的地方不同，但我覺得，在創作路上，她們卻是「殊途同歸」的。

潘明珠與名作家余華（左二）、陶然（右二）和廖書蘭（右一）。

▲ 兒童文學作家於書展講座同場合影（左起：孫慧玲、韋婭、潘金英、潘明珠、劉素儀）。

擅長以現實生活為寫作題材的作家

君比

在香港的兒童文學作家中，君比是一個比較獨特的作家。因為其他作家的作品都是建基於藝術的真實上的虛構故事，但君比的故事絕大部分來自生活的真實。她通過實地採訪資料，然後把這些現實中發生的事情以文學的手法呈現出來。可以說，她是一位擅以現實生活為寫作題材的兒童文學作家。

正式寫兒童文學開始於大兒子三歲時

　　君比告訴我，她開始創作，是始於 1988 年她回母校德蘭中學任教的第一年。因為她喜歡和學生聊天，學生也喜歡向她傾訴心事，學校發生的事情也多姿多彩，她覺得有好多創作靈感，於是動筆把這些寫下來，當中包括散文和故事，作品主要刊在《明報》的「Miss 絮語」專欄中。

　　兒子三歲時，有一天晚上，他聽完君比講的故事後覺得不滿

香港金閱獎
KONG GOLDEN BOOK AWARDS
2015

▲
君比獲頒「香港金閱獎 2015」，在兒子陪同下領獎。

足，突然說：「媽咪，你自己作一個故事給我聽吧！」對兒子有求必應的君比，於是和兒子一起望着窗外的星空，編了一個關於星星的故事——《掉進海裏的星星》。從此之後，每一晚，她都坐在牀前給兒子編故事。那些講完後覺得滿意的便記錄下來，不滿意的就丟開。就這樣，君比嘗試撰寫童話。

2004 年，君比在報紙上看到一篇關於一個十一歲女孩獲小童群益會「奮進兒童獎勵計劃」獎的專訪，心裏十分感動，於是萌發了想採訪這個女孩的念頭。在社工的幫助下，她採訪了這個小女孩及其家人，寫成了《韋晴的眼睛》這個故事。也由此，她開始了兒童小說的創作。

創作的靈感和題材來自多方面

談到創作的靈感和題材，君比笑着說：「很多，不同的時期有不同的靈感和題材來源。當教師時，學生、同事、校長都曾被我寫進作品裏，他們的個性或所做過的一些事，都在我的小說或散文中出現過，當然是經過藝術加工的。

「孩子出生後，給了我很多靈感。隨着他們的成長，我就創作不同年齡層的故事。例如大兒子三歲時，我寫童話《送你一片秋天的葉子》，主角是一對幼稚園一年級的小朋友；大兒子五歲，小兒子一歲時，因為兄弟之間的爭鬥，我寫了《惡魔弟弟和天使叔叔》；到了大兒子九歲，我就鼓勵他寫小說，並且和他合作寫了兩本書。

「另外，我也會到不同的機構採訪，例如荷蘭宿舍、香港小童群益會、學校和協青社等。這些不同的人都給了我靈感和題材。

「觀塘荷蘭宿舍住的全是男生，年齡是十一至十八歲。有好多是孤兒或是家裏無法照顧而送到這裏的。我第一次前去訪問是 2004 年。當日約定的訪問時間是晚上六時，計劃採訪兩個小時，想不到他們都爭着說自己的故事，結果，一直談到晚上十一時。以前他們從不講自己入住宿舍的原因，那天他們逐個說，才知道有很多人入住的原

> **君比對你說**
>
> **跟**書本做一生的朋友吧！它永遠守在你身邊，當你需要它時，它會慰藉你的心靈，與你共度人生高低，每個不同階段，永不放棄你。

坐在君比兩旁的，是她寫過好幾次的故事角色原型，現在她和他們已成了好朋友。

因都是相同的。這時，他們相互間的了解才多些。

「我當時的感覺是震撼！因為我以前從未接觸過家庭這麼複雜的少年。雖然是第一次見面，但他們好信任我，好真心地分享他們的故事，並且希望我把他們的故事寫進我的作品中。於是我便把這些故事寫進《叛逆歲月》系列中。」

遇到瓶頸時放下筆去做自己平時喜歡做的事

君比的作品大致分為幾大類，其中一類是寫給孩子看的童話故事，一類是採訪各種少年兒童寫的兒童小說。為了增強作品的感染力，君比會利用如下的方法來捉摸兒童心理：每天在家觀察孩子；和少年兒童談話時，嘗試從他們的角度去想問題，看問題；閱讀輔導理論書籍；回想自己小時候不同階段時的心理活動。她說，這些都可以令她代入角色中。

寫作過程中如果遇到瓶頸，她會暫時

放下筆去做自己平時喜歡做的事，例
如入兒子房間和兒子談天，或是看看
書，或是做些其他事情，讓自己的大
腦休息一下，然後再坐回桌前去寫，
靈感很快便又回來了。

好的兒童文學作品應是一盞明燈

君比很推崇阿濃和何紫這兩位
前輩作家，認為他們的兒童文學作品
都是上乘的。從他們的作品中，她學
懂了關顧兒童，以善心去寫他們的故
事，並在故事中帶出正面的信息。

君比也很喜歡安徒生和格林兄
弟的童話作品，她認為安徒生的童話
都是經典，每一個故事都是最好的兒
童讀物。另外，她特別喜歡王爾德的
《快樂王子》，因為它帶領小讀者留
意到身邊的事或社會問題，以及教導
孩子要有一顆悲天憫人的心。君比強
調：做人一定要有這種心。

最後，她總結説：「好的兒童
文學作品應該是一盞明燈，為孩子
照亮前路。作家本着良心去創作，不

君比邀你讀

《孩子你慢慢來》
—— 龍應台
龍應台博士以媽媽及作
家身分撰寫與年幼兒子
們相處的點滴。她向一
眾媽媽作了好好的示
範，如何帶領孩子探索
生命的本質，不在乎追
求完美或卓越，而是以
愛作為孩子的引路燈。

《兒童小說集》
—— 何紫
此書是兒子讀小三時學
校的指定讀物，也是我
倆親子共讀的首選書。
通過此書的故事，可讓
孩子認識七、八十年代
香港人的生活，仿如拉
着孩子的手，帶領他們
回到爸媽的童年，一個
沒有手機，沒有上網，
甚至沒有太多電視娛樂
的純真世界。

應只為書本收入帶來的收益，而應想着用心去寫有意義的題材，為有需要的兒童發聲，讓人們知道他們的所思所想，所面對的困惑。」

▲ 君比與讀者的聚會。

不同階段受不同作家的影響

談到對自己影響最大的作家，君比説有很多，不同階段有不同的作家。初中時，最受日本作家三浦綾子的影響，三浦綾子的《綿羊山》中有一句話對君比影響巨大——「愛一個人就要令對方有所成就。」君比説：「這句話令我日後無論寫作什麼故事都會緊緊的記着。」

君比悄悄告訴你

數年前，我到一間中學主持講座。在我講到一半時，突然，台下響起手機鈴聲！同學和老師馬上「頭擰擰」，想知道究竟是誰這麼斗膽，帶着手機到禮堂聽講座。我繼續講下去，手機鈴聲停了，但兩分鐘後，同一鈴聲又再響起。這次，有兩三個老師都站了起來，開始巡行。然而，直到講座完結，我離開了，都沒有人知道斗膽者是誰。現在由我公開吧，這斗膽者是我！我並非故意開着手機，而是太烏龍，忘掉了關手機。至於是誰連續兩次致電我呢？其實是我大兒子，他剛完成校際朗誦比賽，想告訴我，他得了冠軍！

高中時，受鍾曉陽的影響。她看了鍾曉陽十七歲時寫的《停車暫借問》，「我驚詫於怎麼可以年紀這麼小就寫出這樣有文采的作品，於是封她為偶像，並因此而去參加何達老師的寫作班。

可以說是她引發了我的寫作興趣，她對我來說是一個寫作導師。

「當教師時，最受阿濃和何紫影響。他們都是教師，對少年兒童很有愛心，他們的讀者都是學生。我寫校園小說和散文時，看過他們很多作品作為參考。他們也是我寫作上的導師。」

獲獎令我加倍努力

君比自 1993 年出版第一本著作以來，至今出版的作品有超過一百本，曾獲得超過四十個獎項，並且十多次被學生選為「我最喜愛的作家」。

談到獲獎的感受，君比笑着說：「當然是很開心的。最激動的一次是 2007 年書叢榜頒獎禮上。那一年，我先獲得教育城的『十本好讀』兩個書獎和作家獎，接着獲得屯門區兒童及青少年好書選舉的書獎和作家獎。想不到在書叢榜上，我除了獲得書獎外，還有『我最喜愛的作家獎』，因為大會事前沒有告訴我。我上台領這個獎時，憶起頒獎嘉賓司徒華先生早前談他童年看書的往事，再想起我外公給我說《兒童樂園》故事，我忽然在台上哭起來，幾乎不能止淚。

「獎項告訴我，我要感恩。天主給我寫作能力，帶領我去寫那麼多兒童及青少年故事，幫助他們建立正確的人生觀，學懂關愛別人。我有讀者支持，也得到評委的厚愛，這是恩寵，我會珍惜，並加倍努力。

「我曾十多次被學生選為『我最喜愛的作家』，或許是因為我曾當過教師，又讀過相關課程，較容易明白別人的所思所想，讀者覺得寫出他們的心事、困惑和無奈。我的書，名校學生喜歡，平民學校的學生也喜歡。有的讀者叫我做『君比媽媽』呢！」

確實，我很真切地感受到，君比在寫這些兒童小説時掏出了她的真心。訪談過程中，她在講述這些少年兒童的不幸遭遇時，曾多次忍不住哽咽落淚。她希望自己當個有社會良心的作家，去關心這些特別需要別人關愛的少年兒童。

▲ 君比作品分享會上，書中角色
出席分享親身經歷和感受。

我初期寫的很多小說都是虛構的

回應讀者關於她的作品多是寫實的提問，君比解釋說：「其實，我初期寫的很多小說都是虛構的，後來覺得寫學生故事更有意義，更動人，便根據學生對我的分享去寫小說。辭去日校的教職後，轉教夜校中學會考英文，接觸不同年紀的學生，又有不少值得寫的故事。之後有緣到訪荷蘭宿舍、聖馬可宿舍、協青社，以及採訪香港小童群益會的奮進少年及讀寫障礙學童，把他們的遭遇改寫成小說，對讀者有勵志作用。對受訪者來說，可以激發他們的鬥志，令他們知道自身的故事對他人有正面影響。而對於一般的兒童少年來說，也可令他們懂得自己的幸福和更加珍惜自己擁有的。我覺得很有意義。」

繼續寫系列小說和兒童故事

我會繼續寫系列小說，包括「君比閱讀廊」——《成長路上系列》、《漫畫少女偵探》、《穿越時空》、《夜青 Teen 使》等。除了訪問與系列有關的人物，更會訪問我在資優教苑小說班的一些學生，寫一些有特別經歷的資優生故事。

常把自己投入到作品中去的兒童文學作家

韋婭

　　記得韋婭曾説過：「在我的作品中，你可以看到我的影子。兒時那些細碎的夢，少女時代那些未發芽的渴盼⋯⋯都在我的字裏行間奔跑着，歌吟着。我説不清是自己在寫兒童，還是兒童就是我自己。」確實，韋婭是一個十分感性的作家，她會為自己作品中的人物或哭，或笑，她是一位常把自己投入到作品中去的兒童文學作家。

　　韋婭告訴我，她十分喜歡海，她喜歡大海的深沉，大海的寧靜，大海的廣闊。這天，我和她坐在她那位於珀麗灣海邊新居的陽台上，我們一邊望着藍天碧海，一邊閒談。

創作的靈感與自己的成長體驗相關

「長大了想當一個作家，這是我兒時許多『理想』中的一個，可我真沒有想過以後會成為一位兒童文學作家。我最初的創作經歷，就像許多愛文學的年輕人一樣，是從自己的情感體驗出發的，所以寫了很多從女性的視角出發的作品，寫生命，寫愛情；寫傷感，也寫快樂。上世紀九十年代末，我的短篇小說《中三女生的心事》發表後，在網上廣泛流傳，後來還獲選為中學生好書龍虎榜的十本好

書之一，而另一本童詩集《會飛的葉子》也獲得了香港中文文學雙年獎，我因而得到好幾家出版社的出書邀請。這樣，我就從完全自由的心靈寫作，進入了『有指向』的兒童文學創作園地了。也正是進入了這片園地後，我才發現它十分適合我的成長，覺得自己的心靈太接近兒童了。」

夏日的涼風陣陣吹來，韋婭娓娓道出她童年的夢，以及她走向兒童文學創作的過程。

「我創作的靈感其實很多都來自自己的成長體驗。我比較注意女孩子的成長，因為自己也曾是女孩子嘛！當我還是個小女孩的時候，我有許多夢，但這些夢只能是夢，它編織在我的心裏，卻沒有辦法在自己所處的那個時代生發的。我想當一個作家，一個舞蹈家，我愛跳舞，愛唱歌，這些，在我生活的那個環境卻沒法實現。高中畢業就『上山下鄉』去農村，沒有大學讀，那個時代的少女也不可以穿漂亮衣裳，我相信那個時代扼殺了所有少女的美麗夢想。因而，當我今天有機會寫作時，那少女時代朦朧的夢都從我的筆端流露出來，包括她們的多情，她們的同情心，她們的眼淚與對愛情的萌想。這些飽滿的情緒一直在我內心深處湧動着，寫作時遇到某個場景、某個生活細節，它就蹦出來了。例如小長今系列中的小長今，《兩個 cute 女孩》中的女孩子，還有許多意象紛呈的童詩，都是與我兒童時代的『想入非非』相關的。它們只是遲發生了。」

▲一歲的韋婭和媽媽。

穿着韓國服舞蹈的韋婭（中）。

熱愛舞蹈的韋婭在大學演出
獲得一等獎（站立者）。

創作是一種靈感的觸發，是一種激情的推動

　　韋婭任教於香港演藝學院，也曾為一些大學及政府機構擔任中文寫作工作，她的學生大多是青年或成年人。因此，我便問她如何去捉摸兒童的心理。韋婭笑了笑説：「我是把自己帶入到作品中了。其實，幾乎每一部小説作品，都有我哭過的痕跡。往往那些最激動、最牽扯人心靈的部分，都是我流着淚寫完的。當我描寫人物時，我會不自覺地就將自己投入進去了，好像那個人就是我，非常的委屈，非常的傷感。寫人物的心理活動，我會進入到那個年齡層，九歲，或者十三歲，或者十七歲……從理性上，我是在把握她們的年齡；從感性上，我則是化作了那個孩子。好像我自己沒有長大似的，哈哈，就好像自己就在那個年齡段，這種感覺令我自己非常快樂，就算是流着眼淚寫完，我也是快樂的。」

韋婭對你說

我們來到這個世上，是來做我們自己，而不是來與別人比高低的。每一個人都是一個獨特的存在，每一個人都能閃光——屬於自己的光。

多才多藝的韋婭代表大學參加校際體操比賽（中立者）。

韋婭和她演藝學院的學生。

細讀韋婭的作品，你會看得出，她寫得很認真，有時可以算得上是執着。我好奇地問她，寫作時會否遇到瓶頸，寫不下去？她說：「也會的，遇到那種情況，我只好放下筆，不寫啦！」她想了想，又說：「創作是一種靈感的觸發，是一種激情的推動，需要的不止是書寫文字的能力，同時也需要精力，精神，需要有激情澎湃的『能量』，我想啊，等到自己老了的時候，不知道還能不能寫出好作品呢。哈哈！」說到這裏，韋婭又忍不住的笑起來。

「不過，不是寫任何體裁的作品，都需要這種『激情』的，」她說，「比如寫童詩，則不是。它需要的是心境，是孩童的心境，是將一個成年人的心態轉化成兒童的那樣一種心境。因而創作時，特別需要一顆心處於絕對的安寧，處於一種創作童詩的心態。那是一種聆聽天籟般的心境，聆聽自己心底的詩語，孩子的詩語，美的，韻律的，音樂的。所以對我來說，我覺

得寫童詩最難，難就難在它需要童心，又需要詩心，需要靜謐而天然的那種心境的獲得。當我被追童詩稿時，是最多遇到『瓶頸』的時候。遇到這種時候，就得停下，去好好想想。有時候，真的會重新再寫。」

上乘的兒童文學作品，應該是從兒童出發的

對於怎樣的兒童文學作品才算上乘的作品，韋婭有自己獨特的看法，她認為：「上乘的兒童文學作品，應該是從兒童出發的。它不是我們成年人的標準，我們客觀世界的標準，而是兒童心靈的標準。兒童有自己的準則，他們的準則往往與我們成人的要求是不相吻合的。兒童有它的天然性，有人性最初的懵懂。我們寫兒童，應該寫出他們心靈世界的活動。能寫出那種可愛和天然的東西的作品，我覺得才是好作品。」

她還認為：「兒童文學」是一

韋婭邀你讀

《安房直子童話故事》
——〔日〕安房直子

安房直子的童話故事的最大特點，在於她的敍述方式與眾不同，她的文字就像山坡上的野菊花似的，清香撲鼻如夢如幻。每一個故事都編織得極為精巧，充滿理性，又充滿新鮮的陌生感，引人入勝。

《安徒生童話》
——〔丹麥〕安徒生

安徒生童話的最大特點，在於每一則童話都能在現實中找到原型。作者以充滿期待的感傷和溫暖的人間之愛注入筆下，賦予了作品以震顫人心的超乎時空的慰藉力量。他的童話是屬於全人類的。

個很寬泛的概念，它不只是寫兒童生活的東西，它也包括寫成人世界，寫出兒童與成人世界的瓜葛與聯繫。因而了解兒童心理顯得非常重要，許多優秀的兒童文學作品，都是兒童心理把握的佼佼者，像《醜小鴨》、《夏洛的網》、《長腿叔叔》、《彼得·潘》等。

　　每一位作家，都會有一位或多位對她影響甚大的作家，韋婭說，對她影響最大的作家是安徒生。「這是我最早接觸的而且永遠記住了他的名字的一位作家，而他的作品《海的女兒》（又譯《人魚公主》）則成了烙在我心脈中的永恆故事。海龍王的小女兒在愛情與生命的兩難選擇中，選擇的是留死給自己，留幸福給心中所愛的人。可這個人根本不知道她的愛，更不知道她把生的權利留給了他。這種傷悲與情操，我想對我兒時的心靈成長是有着深遠影響的。

「長大後我最喜歡的是莎士比亞的戲劇作品，他的作品中的人物對白，特別是心理獨白，都是像詩一樣的敍述。那時候我在大學讀書，

韋婭悄悄告訴你

　　星期天早上醒來，我告訴我先生自己做了一個夢，夢見自己上了一條很大的船，卻不見他的人影，夢中的我好焦急，我到處找，直到下船才看到他。他說去送一個病人啦。我感覺很委屈。我說你得道歉才是呢！他似乎並不在意，倒頭想繼續睡。可我鼻子一酸，聲音已經有點哽咽了。這一下，他慌了，忙給我紙巾，說好了好了，我真不該到處跑——哦，我上哪去了？

每當讀到澎湃的沉鬱的敍述，我就記下來，平時都會拿出來翻看，每當重讀那些精美的華麗的詩一般的句子，都會在我心底敲出和聲。所以至今我都喜歡讀莎翁的作品，包括去看演出他作品的戲劇，百看不厭。」

文學的價值不在故事的離奇性，而在於審美

　　我笑對韋婭說：「我覺得你是一位很感性的作者，我估計有的我讀着時流淚的作品，你寫作的時候也一定是流過淚的。」韋婭聽到我如此說，忍不住拉住我的手說：「哈，這還真的讓你說對了。寫作中，寫到感動時，我自己就會流淚。創作中，我都是緊閉房門，連電話也不聽的，所以家人也不打擾我。有一天，我寫完一節，走出房門時，我先生和兒子看着我，就相視一笑，說：『瞧，又哭啦。』——他們已習以為常了。我走到鏡子裏看自己，一臉淚痕，眼皮紅紅的。」

　　韋婭的創作體裁幾乎遍及了所有的文學範疇，包括：童詩、童話、兒童故事、校園小說、幻想小說、散文、散文詩等等。二十多年的創作，亦為她帶來了很多的獎項。如：中文文學獎、青年文學獎、香港中文文學雙年獎和冰心兒童圖書新作獎、香港教育城「十本好讀」獎、「中學生

好書龍虎榜」十本好書之一、「書叢榜」十本好書之一等。

我問韋婭，她的作品文字很美，有一種散文化的感覺，而不是純粹的敘述性文字，即使是小說也是如此。她自己有沒有意識到。

她想了想，回答我：「我想，每一位作者大致都會形成自己的某一風格吧。我覺得小說作品如果僅是現實生活的直錄，那就失去了文學的欣賞價值，因為現實中，我們天天接觸到不同的真實個案，如果純粹以故事取勝，現今所見所聞的故事太多太多，有的甚至遠遠超過了我們的想像力。非常冷漠、殘酷甚至血腥的事，比比皆是。我覺得文學的價值不在故事的離奇性，而在於審美，在於心靈的感染，在於情感的薰陶。以往我讀小說時，我感覺一篇好作品，並不是因為其故事情節令我魂不守舍，而在於它所傳遞的某種內在情緒的張力，是作者的敘述，令我的心緊揪不放。每一個作者的敘述方式都是不同的。我並沒有刻意追求某一種敘事狀態，我非常喜歡讀詩，所以有評論家說我的散文或小說中，都有『詩』這一特質的潛在，

大概就是這個緣故吧。」

　　近年來，韋婭除了學校的教學工作外，還獲得越來越多的學校的講座邀請，她顯得越來越忙碌，加上她近年在宗教方面的學習和鑽研，令她對生命與生存有了更多的理解與省悟。顯然，她的兒童文學創作的步伐慢了下來，交給出版社的作品少了。但是，當我問起她寫給孩子們的書時，她說，若有更多的時間靜下來寫作的話，她會先應少兒方面的出版社的邀請，為校園裏的孩子們寫作的。我相信，小讀者會和我一樣，期待着她更多更好的新作。

韋婭應邀到學校舉行講座或參與語文相關活動。

因獲獎而走上兒童文學創作道路

黃虹堅

二十一年前，黃虹堅的成長小說《十三歲的深秋》在台灣獲得了第四屆現代少年兒童小說佳作獎。在香港出版後，又上了第十三屆香港中學生好書龍虎榜十本好書的榜首；接着，又獲得了第十三屆冰心兒童圖書獎。由此，黃虹堅的創作在從事成人文學的同時，也走上了創作兒童文學的歷程。

創作兒童文學，是一個生存的考慮

「我開始時是寫成人文學的。雖然在內地我也曾應邀寫過一個叫《男人老狗》的兒童小說，並獲得頗佳的反應，但我當時卻沒有想到會去寫兒童文學。

「真正寫兒童文學是 1990 年我來到香港之後，發現文學在香港沒有太大的出路。這時候機緣巧合，我看到台灣新聞局一個優良劇本的徵文廣告，於是寫了一個叫《湖草萋萋》的電影劇本

寄去，很幸運地，我獲得了獎。由此我覺得如果想自己的文學創作有出路的話，那麼這也是一個不錯的方向，於是便比較留意這類徵文廣告。後來發現台灣九歌出版社的徵文比賽，便又寫了一個反映少年成長困惑的小說《十三歲的深秋》參選。很幸運地，小說又獲獎了。當時新雅的總編輯嚴太（嚴吳嬋霞女士）把它從台灣引回香港出版，沒想到當年的反響十分好，不但再獲兩個獎項，還高踞暢銷書榜榜首，那年賣出了一萬七千多冊。至此，我覺得這個領域是可以耕耘的。當初寫兒童文學更多的還是出於生存的考慮。」

停了一下，黃虹堅繼續說：「自此之後，我對這個年齡段的讀者產生了興趣。這時候，有報社的編輯向我約稿，於是我寫了一些千多字、內容比較簡單的故事。但這些故事都有鮮明的人物形象，我是用人物形象去感染讀者，而不是去說教。

「後來，我覺得寫短篇不滿足，於是就寫中篇的作品。在我的短篇作品中，我帶給兒童明亮的、安適的和幸福的感覺。但到了中篇，我則是比較深入地面對現實，寫了生活中真實的一面，故事的主題進入了一個比較深的層次，而不再是簡單地浮在生活的表面。……」

▲ 黃虹堅在書展上為讀者簽名。

黃虹堅滔滔不絕地對我細述她的兒童文學之路、她的文學理念和她作品中的人物性格，令我有如享受了一頓豐富的文學盛宴。在這過程中，我發現了黃虹堅有着極深厚的文藝理論素養，以及有着很強的文學使命感。

▲ 每次回母校北京大學，黃虹堅都感到有如接受一次精神的洗禮。

作家是應該有一點秉賦的

談到寫作題材和靈感，黃虹堅這樣說：「我覺得，作為一個作家，他是需要一點秉賦的。這個秉賦就是他能根據自己的生活去虛構創造出文學作品。例如，我能從自己女兒及親友孩子的身上，以及一些新聞中觀察到一些兒童成長中的問題，然後用作家的眼光和觀點去理解，而且在自己的框架裏把它變成文學作品。我的創作題材來自對生活的認識，來自對文學的感覺，來自自己的文學的框架。生活積累重要，但自己所建立的文學觀念也很重要，自己的文學能力更為重要。我認為這三者令我有着源源不絕的創作題材。

「創作靈感常來自我的閱讀。我是一個長年堅持閱讀的人，閱讀一些經典作品、有影響的作品和有

> ### 黃虹堅對你說
>
> **熱**愛閱讀就是熱愛生命。閱讀能提高生活的質素，讓人感覺生命的豐盈。平凡的生活也因閱讀變得多姿多彩。

▲ 在聖誕老人村郵局給聖誕老人寄信。

爭議的作品，這是我一個靈感來源。我還習慣於思考，當讀了一
些作品之後，我就會在坐車的時候，或是較為閒適的時候想一想，
在這思考過程中會不斷有思想的火花冒出來；有時聽音樂的時候
也會電光一閃。此時，我知道：靈感來了，動筆寫作的時刻也到
來了。」

我的苦惱在於自己沒有完整的時間

　　我問黃虹堅創作過程中曾否遇到過瓶頸，她肯定地說：「絕
對有。我的苦惱在於自己沒有完整的時間，寫作是斷斷續續的。
我是一名教師，同時又有些社會工作要做，時間安排是一個很大
的難題。有時有靈感，未必有時間；有時有時間，則未必有靈感。
這就是一個瓶頸了。還好，這種瓶頸的時間不會太長，只要我面

對電腦，進入文字狀態，我就很快可以找回自己感覺。我覺得這有賴於我對文字的迷戀。

「當然，有時遇到人物、情節和細節未能想好這種比較大的瓶頸時，那麼就要像魯迅先生說的那樣：『寫不出來就不要硬寫。』如果是短暫的瓶頸，那我就要求自己儘快找到那種心境，例如聽聽音樂，或是閱讀一段優美的文字，我就能返回寫作的那個世界了。」

兒童文學也可以讓孩子領略一下人世間的傷感淒美

訪談過程中，我常感覺到黃虹堅作為「科班出身」——中國語言文學系和電影文學系畢業生——作家的那種深厚的文學理論根底，還常發覺她的很多見解也與眾不同。

當談到怎樣的兒童文學作品才算上乘作品時，黃虹堅說：「我始終認為，優秀的兒童文學作品境界是很高的。例如安徒生童話、格林

黃虹堅邀你讀

《草房子》
——曹文軒
小說通過對男孩桑桑六年小學生活的描寫，講述了五個孩子的成長。寫下了一連串尋常但又感動人心的故事。其中有少男少女的純情，不幸少年與厄運相拼的悲愴，垂暮老人所閃耀的人格光彩，對生命的深切領悟……

《窗邊的小豆豆》
——〔日〕黑柳徹子
作者上小學時因淘氣被學校退學，後來到巴學園。在小林校長的愛護和引導下，逐漸成了一個大家喜歡的孩子，並奠下了一生的基礎。這本書帶給世界幾千萬讀者笑聲和感動，還為現代教育發展帶來啟示。

黃虹堅特地到安徒生的故鄉丹麥奧登斯參觀安徒生紀念館,並與演員合影。

童話,以及很多優秀作家寫的兒童文學作品。他們對意境很講究。這種意境可以是歡樂的、明亮的,但也可以是淒美的。當然這是有底線的,灰暗或非常殘忍的意境絕不能算是上乘的兒童文學意境,但我會承認淒美。如宮崎駿的動畫就有一種淒美之感,我覺得它秉承了安徒生童話《人魚公主》的那種淒美。安徒生《人魚公主》的淒美意境縈繞了我一生。因此,我覺得兒童文學既可以帶給小朋友歡樂、明亮、向上的感覺,也可以讓他們領略一下人世間那種傷感淒美的情緒。健康完整的精神世界應容納人的全部情感。當然,對兒童文學而言,是該分年齡階段,也是該有底線的。

「第二,我覺得優秀的兒童文學作品需要作者有遊刃自如、非常嫻熟的文字技巧。它簡單,但不單調,它帶出的意境是十分豐富的。第三,我覺得好的兒童文學作品是不説教的,它講求的是感染,是潛移默化,它以人物形象和性格去打動人。」

黃虹堅悄悄告訴你

有時早上起牀,忽然有了靈感,會馬上坐到電腦前寫作。直到中午吃飯,才想起自己還沒洗臉刷牙,也沒吃早飯。

影響我的是一個文學流派

黃虹堅生於香港，成長於內地。她告訴我，如果問對她影響最大的作家有哪一個，她無法回答，因為影響她的是一個文學流派——俄羅斯批判現實主義。這是她文學創作的重要養分。

「這個流派的作家包括：普希金、萊蒙托夫、屠格涅夫等等，當然還包括我最喜歡的托爾斯泰和契訶夫。他們的作品對我影響很大。在契訶夫的戲劇作品裏，我看到很多小人物的性格；從托爾斯泰的作品，我看到博大精深和恢宏。他們創作的文化氛圍一直影響着我，從這些作品中我學會了對人性的觀察和認識，培養出對人的悲憫情懷。至於兒童文學作家方面，則有安徒生、格林兄弟以及其他兒童文學作家的作品。」

有三件有趣和難忘的事尤其深刻

黃虹堅説她的創作生涯中有過一些有趣和難忘的事，其中有三件尤其深刻。

第一件是，她在內地曾發表過一個叫《竹籮笆》的中篇小説，故事以第一人稱寫作，其中一個情節是講述女主人公失去了女兒。茂名一個十三四歲的男孩子讀完之後，請他的叔叔帶他來找當時在廣州工作的她，要求給她當兒子，慰解她失去女兒的哀傷。

第二件是她來香港之後，有一年的書展，一位女青年拿着一本《十三歲的深秋》來請她簽名，

黃虹堅在大學擔任導師時留影。

並告訴她:「黃老師,這本書是我十三歲時買的,我珍藏五年了。我今年十八歲,請您為我簽個名。」她當時十分感動。

第三件是,她在大學教書,每次第一節課向學生作自我介紹時,總會有學生舉手問她:「老師,您是不是寫《十三歲的深秋》的那個黃虹堅呀?」黃虹堅覺得,讀者記得她的作品,對她而言,就是一種幸福。

對獲獎比較淡然了

黃虹堅很早就獲獎,在內地拿過首屆花城文學獎、新人新作獎、新時代劇本獎。來港後又得過市政局兒童文學獎、散文獎、故事獎、香港中文文學雙年獎、冰心兒童圖書獎、台灣最佳電影劇本獎、亞洲週刊短篇小說獎等等。對於獲獎的感受,黃虹堅淡淡的說:「當初獲獎時很興奮,因為那時年輕,還有追名逐利的世俗想法。但從某個時刻起,我就對獲獎比較淡然了。因為我覺得自己的人生已進入到一個寵辱不驚的階段了。我現在創作純粹是因為我喜歡文字。」

2016 年 1 月,16 萬字的成長小

在波蘭音樂家蕭邦出生的房子前留影。

説《月亮下的奔跑》出版了。在這部小説裏，黃虹堅延續了對少男少女成長心路的關懷，寫了四個不同家庭的男女孩子在幼兒、兒童、少年一個較長的階段裏，認識世界、尋找自我的成長故事。四名中學生有四個不同的家庭背景及成長經歷，揭示出成長的快樂、困惑和艱險。小説具備了文學書寫人、感情、命運的格局和情懷，細膩地寫出了中學生的內心世界，同時也表現出當今香港社會家庭、婚姻的特點，寫出了它們投射在孩子們身心的反應。小説沒有迴避婚姻危機、毒品、援交、性早熟等社會問題，但也寫出了生活中真、善、美的畫面，留下了警鐘長鳴的訓誡，也引導着對美好未來的嚮往。

黃虹堅希望這部小説能得到中學生的喜愛，也能得到小説愛好者的認同。她認為這部小説呈現了「女性寫作」對女性成長特別的關注，故也可被認作是她的《香港女性紀事三部曲》之二（第一部是《和誰在陽台看日落》）。

成人文學和兒童
文學創作同樣
出色的作家

胡燕青

提到胡燕青的名字，人們的腦海裏很容易便跳出她在成人文學創作中所取得的豐碩成果：她的散文和新詩創作十分出色，多次榮獲重要獎項。其實，她的兒童文學創作也成績優異。她是一位成人文學和兒童文學創作都同樣出色的作家。

為了讓孩子有讀得懂而且覺得親切的小故事而創作

胡燕青是如何走上兒童文學創作道路的呢？

時間要拉回二十年前，她的小兒子剛上小學的時候。為了讓孩子能讀到有趣而又適合他的理解能力，以及能引起他共鳴的作品，這位作家媽媽決定親自「操刀」啦！她寫了四冊《啟啟語文系列》，講述一個小學生身上發生的各種趣事和遇到的困惑。胡燕青一邊笑着，一邊回憶昔日為孩子寫作的樂事。

「那時候，我希望用小兒子認識的僅有的小量詞彙來寫作，讓他有讀得懂而且覺得親切的小故事作為閱讀材料。我盡量利用他認識的中文字和生活細節，寫『啟啟』這個同齡小孩須要面對的種種『困難』，例如他們開始要面對測驗和考試，心裏有壓力；又例如小孩掉乳齒，口裏出現洞洞，覺得難堪等。那一年，我們一位老朋友在西貢潛水的時候給鯊魚咬死了，他和我們一起看新聞，覺得很害怕，甚至不敢到游泳池游泳，於是我為他寫了些孩子明白的小故事來處理他的情緒。那是我第一次為孩子寫作。」

題材和靈感來自孩子和學生

談到寫作的題材和靈感，胡燕青說：「我對所有『小』的東西都有興趣，這包括小朋友，小花小草小樹苗，小貓小狗和小小的水滴等等人和事。大概因為我這人傾向微觀，傾向專注於事物或感情上微細的分別，也喜愛和一切小東西對話吧，於是就來了靈感。舉例說，我最愛看幼孩的小腳，在他們的腳趾上畫上五張臉，然後捉着他們這些小腳趾當作五個人物，胡亂編個故事來逗他們。這時他們總會哈哈大笑，有時笑得連淚水都跑出來了。漸漸，我就喜歡上寫孩子的感受。」胡燕青說到當日和孩子拿小腳趾來玩樂及編故事時，忍不住又笑了起來。

胡燕青停了一下又說：「到我的大兒子和女兒進入同一間學校讀初中，他們的對話開始讓我很感興趣。於是我開始收集有趣的人和事，為他們寫了《一米四八》。孩子漸漸長大，成為青少年，我的寫作也就涵蓋了青少年文學，出版了《全天候跑道》（高中）、

《頭號人物》（高中）、《剪髮》（大專）和《那一塊錢》（初職）等小說。到此時，我幾乎為每個階段的孩子寫過書。寫青少年的時候，題材更多了，因為我在大學教書，我很多學生都是十八、九歲的大孩子。」

兒童心理跟我的心理沒有太大的不同

　　寫兒童文學，很多作家是有意識地去觀察兒童的言行舉止的，有的作家則靠閱讀兒童心理學書籍去獲得養分，但胡燕青卻很不同，她說：「關於這一點，該怎樣說好呢？我覺得，兒童心理跟我的心理沒有太大的不同，因為我從來不肯讓小時候的感情丟失。因此，我從來沒有用過什麼力氣去捉摸孩子們在想什麼。其實很多人都有我這種感覺。人漸漸成長，假如懂得珍惜，孩子時期待過什麼，吃過什麼，懷疑過什麼，幻想過什麼……總不會忘記。只要我們不以小朋友的天真為恥，反以之為瑰寶，就可以永遠保有上帝早已賜下的童真。寫小朋友書，就是寫自己的書，只不過階段不同而已。」確實，讀胡燕青的兒童文學作品，你不會發現有故作孩子氣的地方。

　　和很多作家一樣，胡燕青在創作過程中也曾或多或少的遇到過一

胡燕青對你說

朗讀，是學習語文的根本，不但要多閱讀，多朗讀也很重要呢。天天朗讀好語文，中文不好也不能。

些瓶頸，對於這種情況，她採取四種解決的方法：第一，停下來做別的事情，例如洗碗、種花、做運動、看電視。第二，她會改變寫作的文類，如果正在寫詩，就改為寫個故事，寫散文，或寫篇短論。第三，讀好書、參考別人的佳作，運用創意中的「流暢力」和「變通力」，改換思考方向。第四，她會去買東西，觀察街上的人。這樣，她就把瓶頸突破了。

▲▶
胡燕青所繪畫的動植物栩栩如生。

許多讀者以為我是男作者，稱我先生、大兄

　　每個人對兒童文學的評審都有一個自己的標準，胡燕青認為上乘的兒童文學需具備下列優點：第一，小孩看會感動，大人看也會感動——這是在更高層次上的要求。第二，創新（不老套、沒陳腔）而合理（不會光顧着發揮想像力而忘記要引起共鳴）。第三，不故作孩子氣，但孩子都看得懂。這樣的，就是上乘的兒童文學。

　　從胡燕青的作品中，讀者會感受到她那深厚的文化底蘊，這和她博覽羣書有關。而在她的創作生涯中，她認為對她影響最大的是瑞典詩人特朗斯特羅默。

　　托馬斯・特朗斯特羅默是當今瑞典最優秀的詩人之一，也是一個心理學家和鋼琴家。他著有十多卷詩集，並被翻譯成三十多國的文字，2011年，他獲得了諾貝爾文學獎。他的詩圖像強，想像力開闊，靈性深度好。胡燕青喜歡他的意象和感性，還有他

胡燕青邀你讀

《聖經故事天天讀》
——〔英〕祖瑪麗 (Mary Joslin) 著；胡燕青譯

對信徒來說，聖經所記錄的歷史是非常重要的，對非信徒來說，其教訓也極其有益。這個少兒版本涵蓋了整部聖經的內容，連貫性強，非常有感染力，大人也應該讀一次，好對《聖經》這本巨著有全面的認識。

《香港的花花世界》（共4冊）
——廖婷珍

香港市民酷愛遠足，因為我們有四分之三的土地是郊野。不過，大部分「行山」的人對香港的花木都不認識。這一套書把能夠在香港找得到的花木都介紹了，讓我們更進一步認識本土的植物，值得推介。

的信仰。

說到語言優秀和有深度的兒童文學家，胡燕青最推崇《獅子‧女巫‧魔衣櫥》的作者 C.S. 路易斯（C.S. Lewis）。C.S. 路易斯是英國著名學者、文學家，他的著作包括詩集、小説、童話、文學批評等，他寫的《納尼亞傳奇》（Narnia）被譽為二十世紀最佳兒童圖書之一。

至於小故事，胡燕青則愛讀安妮得‧布萊頓（Enid Blyton）的作品。安妮得‧布萊頓是英國著名兒童文學家，擅長以細膩的筆觸經營故事情節，作品有七百多本。

當我問到創作生涯中有哪些有趣或難忘的事時，胡燕青哈哈的笑着對我説：「許多讀者以為我是男作者，稱我先生、大兄等等，我覺得很有趣。可能是因為《水滸傳》裏的燕青是個男人吧！不過，也有稱我為先生而知道我是女的，那是一種尊稱。我很感激他們。我每次都不會主動糾正他們的，因為這實在很好玩啊！」

胡燕青悄悄告訴你

我常常一面走路一面想着什麼，精神很不集中。一次，我走進地鐵準備入閘乘車。那時尚未有八達通，我得拿出儲值車票放進閘機裏。可是因為神遊象外，竟然掏出信用卡來插。幸好信用卡太厚，插不進去才醒悟過來。當時，後面已經排了長長的一條人龍了。

獲獎時我很快樂，會得到大大的鼓勵

　　從第一次獲獎——1981 年香港市政局中文文學獎詩組冠軍始，胡燕青曾獲得多種重要的文學獎項，細數下來，包括：香港市政局中文文學獎、基督教湯清文藝獎、香港市政局中文文學雙年獎、「中學生好書龍虎榜」十本好書之一等等。此外，1998 年獲得基督教湯清文藝獎卓越成就獎、2003 年獲香港藝術發展局頒發「藝術成就獎」（文學藝術）。

　　胡燕青在談到獲獎的感受時說：「獲獎時我很快樂，會得到大大的鼓勵。但是，這種鼓勵比不上創作時內在的快樂，其恆久程度更是遠遠及不上。但我還是喜歡拿獎的。拿獎的時候最開心的是你感到誰是你的真朋友。真朋友是會為你高興的。我覺得朋友或行家的一句中肯的話，更能促進我繼續努力創作。」

兒童文學和成人文學創作分別不大

　　我問胡燕青：「您既創作成人文學，又寫兒童文學，當中有什麼不同的感覺或感想嗎？」

胡燕青想了想說：「我覺得其實兩者的分別不大。分別只在乎題材和所用的語文。比方說，我要講一個幽默的大人故事，那種打從心裏冒出的頑皮，跟說幽默的小孩故事的性質是一樣的。為孩子寫悲傷的詩，感覺跟為大人寫的一樣。分別在於兩種情緒深度的距離，不在於大人孩子的距離。

「為孩子寫作，語言要簡單、易懂、有力；語氣詞用得比較多，偶然要岔開來做一點解釋。例如寫《納尼亞傳奇》的C.S.路易斯寫到『魔衣櫥』的時候，會告訴小讀者：躲進衣櫥時，聰明的孩子會給自己打開一道小小的縫。他是中古英文和文學的學者，但向孩子說話時，語調很適合小朋友。」

如今，胡燕青已經退休，但仍在上學——她一方面修讀聖經課程，一方面仍在學習插畫。平時她繼續寫作和翻譯，希望有機會再次給小朋友寫書。她家裏有四隻貓，因此也很想寫寫貓。目前，她天天會走很多的路，希望保持身體健康。

◀ 在家裏畫畫是胡燕青的樂事之一。

◀ 胡燕青自畫像

因一則新聞而走
上文學創作道路

劉素儀

　　二十多年前，一則報道鯨羣擱淺海灘的新
聞，引發了劉素儀寫出她的第一個童話故事，
並由此把她帶上了兒童文學創作的道路。可以
說，劉素儀是一位因新聞而引發創作兒童文學
興趣的作家吧！

鯨羣擱淺海灘的新聞引發了我的寫作興趣

　　談起昔日如何走上兒童文學創作道路，劉素儀未説話便已大笑起來。

　　「哈哈哈，説起來真有趣，那時是上世紀八十年代的某一天吧，我在報紙上看到一羣抹香鯨擱淺海灘的新聞，這事引發了我的興趣。我在猜想是什麼原因令這羣抹香鯨走上海灘呢？於是我用擬人的手法，虛構鯨羣在海底的對話，寫成了《鯨的故事》這

個童話給我的孩子看。完成後，我覺得
這個故事好有趣，剛好那時香港兒童文
藝協會正舉辦第二屆兒童文藝創作比
賽，於是我拿去參選，很僥倖地得了亞
軍，我很開心。故事很短，大約兩千多
字，但含意深刻。我是想告訴小朋友不
要局限於環境中，要有夢想，要敢於冒
險等。獲獎後，何紫、嚴太（嚴吳嬋霞
女士）和阿濃他們都鼓勵我多寫些。

「後來，我就有意識地觀察我身邊
小朋友的言行舉止，把它們記下來，開
始寫些生活故事。此時，新雅舉辦兒童
文學創作獎比賽，我參加了第一屆和第
二屆，共得了三個獎項。其中一個獲獎
故事叫《Sorry 雀》，這是有生活原型
的。有一個小朋友很愛捉弄人，然後就
對人說 Sorry。我很喜歡寫小朋友這些
趣事。」

創作題材大多源於生活

劉素儀的生活故事，生活氣息十分
濃厚，我忍不住問她：「我覺得你寫的
那些生活故事裏有着很強的現實影子，

▲
到北京國家大劇院看
《紫釵記》。

我懷疑有很多是發生於你們家庭的生活趣事呢！」劉素儀聽到我這樣説，又忍不住哈哈笑了。她説：「你説對了，大約有一半出自我們家庭吧，還有另一半是『借』來的。」

她告訴我，她的創作題材大多源於生活。她很欣賞小朋友的天真，因此她很留意觀察她身邊的小朋友。他們那些古靈精怪的趣事，他們那些在成人眼中看來是愚蠢的行為，都往往可化為她故事中一些有趣的素材。例如《波比的紐扣》，寫的就是一個小朋友把睡衣的紐扣放進嘴裏咬，越咬越覺得好味，結果不小心把紐扣吞進肚子裏。他很害怕，只好告訴媽媽。媽媽安慰他説：「沒法啦！只好明天排便時檢查一下，看有沒有排出來。」由此媽媽告訴小朋友以後不可再做這樣的事。

另一個題材的來源則是新聞。「我

北京大學上學去。
活到老學到老，到

劉素儀對你說

多發掘自己的優點，不要老只見到自己的缺點。地球上這許多人，每人都不同。要堅信天生我材必有用。另要記住無論遇到什麼樣的事情，都要淡定。成功不要驕傲，遇上挫折也不要悲觀，要從中學習，朝目標奮進。

讀大學時是修讀新聞的，我比較留意一些有關小朋友成長的新聞，以及一些科學新聞。例如《再生人》和《不死的灰白體》就是我看過一些科學性新聞報道而虛構的科幻故事。」

「還有一個來源就是大量閱讀外國文學作品所得到的養分。小時候我看過很多安徒生童話、格林童話，這些童話都是很天馬行空的。但是，童話也不是可以亂寫的。因此，我根據自己的一些生活見聞和感想寫了一些童話，例如《虛心的旅程》。」

上乘的兒童文學作品要能刺激孩子思考及成長

說到創作瓶頸，劉素儀說沒有。「因為我寫的故事篇幅不長，有的幾百字，有的二三千字，我一次性就可以完成了。如果寫不

出來，就不寫了。所以，這在某程度上來説是好的，因為我要在好短的時間內把故事寫出來，這樣就不會有多餘的字，也適合小朋友看。如果不精簡，小朋友看着看着就有可能睡着了。」

至於怎樣的作品才算上乘的兒童文學作品，劉素儀説：「最重要的是對小朋友有啟發，能刺激他們思考及成長的。第二點，則是讓小朋友看時覺得好開心，能把自己代入主人公，像主人公一樣經歷故事中的事情——嘩，他怎麼這樣笨的？他為什麼這樣開心？把孩子的情感都調動起來。此外，文字也很重要，用字要淺白，句子不要太長，否則小朋友讀時會覺得辛苦。」

影響最大的作家是老舍

從訪談過程中，不時響起劉素儀那愉快的朗朗笑聲，令人深受感染。愛笑，這可能一方面是她的天性，另一方面是否也和她喜愛的作家有關

劉素儀邀你讀

《老殘遊記》
—— 劉鶚

我大概是在念中學二年級的時候發現這本書的。這書描述江湖醫生「老殘」的故事。此書無論描寫人物、風景等都十分精到又優美，又能了解在封建時代民間的疾苦。我在少年時期從此書得到啟發，因此逐步愛上文學和社會科學。它亦影響了我在求學和事業上的抉擇。

《快樂王子與其他故事》
——〔愛爾蘭〕王爾德

我希望小讀者能從這童話中欣賞到優美的文字、出格的幻想，以及故事帶出的深層意義。故事中快樂王子以他的方式幫助在底層生活的人。我盼望在較富裕地區生活的孩子，會受到作者的感動，認識到生命的意義不在乎得到什麼，而是在付出，並在過程中體會生命的美善。

呢？又或者倒過來，她這天性愛笑的樂天性格，影響了她的閱讀喜好？

她告訴我：「對我影響最大的作家是老舍先生，他的作品可以寫得很深沉，如《正紅旗下》，但又很有幽默感。我曾看過他的一部作品，叫老舍《幽默詩文集》。這是老舍對當時的社會時事、人事和自己處境的有感而發來寫出的真實生活中的幽默。

「我很喜歡老舍的幽默感。老舍

劉素儀悄悄告訴你

我天生身型較矮小，年少時頗自卑。讀小學時每年升級分配座位，老師第一步就是要所有同學從矮至高排成一行，然後按高度將每位同學安置在課室的座位上，矮的前排坐，長得高的坐後一點。我就是這樣每年都能得到前排最中間的位置，如此，老師的授課我聽得最清楚，黑板上的白粉字又看得清，上課時我不得不專心，成績就比別人好。成績好，就沒人看扁我，自信心慢慢就建立起來。生得矮，沒有什麼好自卑。

的幽默，是看到了生活中的可笑之處。客觀寫來，不着痕跡。它融匯中西風格，睿智深刻，又內斂寬容，酸甜苦辣全在一笑之間。而且雅俗共賞，不同的人各有不同的體味。另外，我還敬重他很愛國，很有民族感情。

「說到兒童文學作家方面，我最喜歡的是英國的羅爾德‧達爾（Roald Dahl）。我幾乎看遍他所有作品，例如《查理與巧克力工廠》、《女巫》等。他的作品都有趣搞笑。我曾看過他的自傳，終於了解到他為什麼那麼有愛心，他寫的東西為何那麼有趣好笑，原來他好愛小朋友，他好愛他媽媽。當中有一個章節寫到：羅爾德‧達爾自九歲進入寄宿學校的第一個星期日起，到他媽媽去世時止，只要他離開了家，他就從不間斷的每周都寫信給他媽媽。他媽媽去世時，他正好在牛津一間醫院做一個大手術。當他康復回到家裏，見到他媽媽把他二十年來寫給她的六百多封信，用綠色絲帶整整齊齊地紮好留給他。我看後十分感動。我感受到他們母子的心連心。我認為寫兒童文學的人要很有愛心，很喜歡小朋友，很喜歡人與人之間的那種親密關係。

「此外，有一本書對我的影響十分大，它是清代劉鶚的《老殘遊記》。我希望小讀者有空都看看，因為文筆高超、故事情節又十分豐富，看完後對中國的認識會更多。」

獲獎對於寫作人來說，是一個很重要的鼓勵

談到創作中的趣事，劉素儀忍不住又笑了，她説有的小朋友看完故事後就追着她來打，説她把他的「瘀事」寫出來了，令他覺得尷尬。例如《反斗三星》中的「矇矇奇妙」等。

由於工作十分忙碌的關係，劉素儀的作品不多，不過獲獎的比例卻相當高。對此，劉素儀覺得微不足道。她説：「寫了些故事，能出版及可以和讀者分享，我已覺得好開心的了。當然，獲獎對於寫作人來説，是一個很重要的鼓勵，也是很重要的。我希望日後可以多寫一些吧。」

劉素儀外表十分年輕，無論如何你都看不出她是接近退休年齡的人；你更不能想像，她已是一個「奶奶」級的人物——她

數年前已娶了兒媳婦。她目前除了任職政府部門外，工餘還教授一些創作班，並為一些文學比賽活動擔任評判等等。雖然平日工作忙碌，但是對於未來的寫作計劃，她還是有很多意念的。她告訴我，她想以一種輕鬆的手法，寫一套德育教育叢書。因為她覺得現在的小朋友不太注重講究這些，父母的過分保護和關愛，也令現在的小朋友較為自私和

自我，這些都需要有一些有益而又有趣的德育故事去引導他們，從好的方面去影響他們成長。

此外，她還有一些寫於八九十年代的作品，但寫完之就放在一邊，沒有好好整理，她希望日後有時間把它們整理出來。她說：「新雅為我出版了一本作品合集——《香港兒童文學名家精選集・反斗三星》，我很高興。我希望這只是一個中段的檢討，而不是一個終結。未來的日子，我希望多些時間看書和寫作。」

自然而然地走上兒童文學創作道路

孫慧玲

　　甫踏進孫慧玲小姐寬敞明亮的書房，我立即被她那些似是隨意擺放，實則精心點綴的各種富有童趣的小擺設所吸引，尤其是那一座精緻的魯迅全身小銅像。孫小姐一邊洋洋自得地指着各小擺設向我介紹其出處，一邊笑着對我說：「你問我童心從哪兒而來？看，這些小擺設就是我保持童心的最佳方法之一啦！」她還鄭重地把魯迅的銅像拿到我面前，指着銅像背後的魯迅名言對我說：「請看，魯迅先生說的『俯首甘為孺子牛』，就是我對兒童的態度，也是我寫作兒童文學的態度。」

　　我一邊瀏覽着孫小姐那三排靠牆而立的大書架內的豐富藏書，一邊聆聽孫小姐介紹她怎樣走上為兒童寫作的道路。

真正執筆寫兒童文學源自何紫先生的一句話

「我是在女兒出生之後，因為要給她講故事，所以也自己作故事講給她聽，慢慢地發覺原來兒童文學是如此好玩的。不過，我真正執筆寫故事，則是因為何紫先生對我說的一句話。

「那是上世紀八十年代的某一天，我完成教育碩士課程，在藝術中心負責完一個兒童環保戲劇活動後，何紫先生走過來對我說：『孫慧玲，是時候你要執筆寫點兒童文學了。』看來，何紫

魯迅先生的名言：「俯首甘
為孺子牛」是孫慧玲對兒童
和寫作兒童文學的態度。

老師是看中我活潑好玩的天性哩！後來，
啟思兒童文化事業的劉倩蘭女士，在八九
民運之後計劃出版《媽媽，我要民主》故
事集，向我約稿，於是我便寫了我的第
一個故事《長褲和短褲的風波》，這是寫
一個童軍和媽媽之間為了一條褲子出現矛
盾的故事。我很感謝何紫老師的啟蒙，他
的一句話令我重新燃起學生時代寫作投稿
的火，想到我是一位語文老師，為什麼不
寫？於是毅然拿起了筆。再加上我的師
姐，當時新雅的總編輯嚴吳嬋霞女士的鼓
勵，我便立志要走上為兒童創作的道路。而一路走下來，越加發
覺這正是我的興趣與專長。我十分享受創作兒童文學，對我來說，
這真是一件開心得無以復加的事。」

題材和靈感泉湧，可惜時間有限

　　1986 年，孫小姐創立了全港第一支親子童
軍旅團——二二九旅，並且一直擔任旅長。每個
周末都和一大羣天真活潑的小朋友在一起，這給
孫小姐帶來了很多第一手的寫作資料。「和他們
一起搞活動，聽他們說自己的種種生活遭遇和感
受，觀察他們的舉止神態，往往能觸發我的靈
感。」當孫小姐聽到我問她從哪兒取得寫作靈感

和題材時，她就雀躍道來。

　　説到此處，孫小姐拉開了在漂亮紗巾遮掩下的文件櫃給我看：「我一向有剪報的習慣，你看看，這個文件櫃有 36 個抽屜，裏面分門別類的放滿了各種故事。需要的時候，我會拿出來看看是否適用。」

　　「其實，有時候我看兒童文學的研究文章，或是看了別人的作品，也會激發出創作靈感，從而創作出有趣的故事。有時候，即使和朋友之間談話，談到他們孩子的表現和際遇等，都可以成為我的寫作題材。此外，還有很多的媒體，例如從網絡、電視和一些專業雜誌等，我都可以得到靈感來組織自己的故事。總之，我腦子中要寫的題材很多，只是礙於時間，寫不了那麼多。我沒有靈感的問題，也沒有欠缺題材的問題。題材在生活中，是俯拾皆是的。

　　「例如，我寫《特警部隊》系列，是因為 2006 年出現了徐步高這個『魔警』事件。我靈機一動，就決定從小朋友最喜歡的動物方面入手，借用警犬的視角來寫發生於香港社會的各種事情，新奇有趣又有現實意義。

　　「又例如，收集在《香港兒童文學名家精選‧我愛光頭仔》中的

孫慧玲對你說

保持童心，在兒童文學中領略世界的真善美，它能使人充滿正能量，令你的成長充滿活潑快樂的因子，那麼，你便一定能夠成長為快樂幸福的人，能為人類作出貢獻。

《狼狗的爪與媽媽的手》和《我愛光頭仔》，都是我從日常生活中觀察，以及聽親戚朋友的敍述後演繹出來的故事。《狼狗的爪與媽媽的手》是借郊外母子遇着大狼狗來講親子關係及母愛，《我愛光頭仔》是利用我在泳池看到的一宗意外來寫母女姐弟情。

「再如《佻皮三鼠組》，寫的則是我童年的生活故事啦！」孫小姐一提起這個故事就忍不住興奮起來，「小時候，我家開米舖，家裏前舖後居，我常與老鼠為鄰，所以對老鼠有着特殊的認識和感情，我就把牠們化成了有趣的頑皮動物冒險故事⋯⋯」

哈哈，看來那些老鼠真的給孫小姐兒時平淡的生活帶來很多樂趣呢！看着孫小姐在講述小老鼠時的那種手舞足蹈，我感到她童真依舊，不由得也跟着笑起來。

捉摸兒童心理的渠道很多

每一個母親都是十分愛自己的孩子，重視孩子的成長教育的。不過，孫小姐可能比任何的媽媽更為突出，因為，她在女兒剛滿一個月大就成立了全港第一個 BB 遊戲組，每個周五的晚上，幾個 BB 在父母的手抱下一起見面。孫小姐發覺，不要以為這些小人兒什麼都不懂，原來他們是在互相學習的。孫小姐在女兒和這些小朋友的身上，學到了很多有關兒童心理和兒童成長的知識。而為了做一個稱職的媽媽，孫小姐更進修了教育碩士，研究論文就是寫兒童文學與兒童閱讀。此外，她更有意識地報讀了很多有關兒

童心理和成長的課程，以及閱讀了很多這方面的參考書，這些都對孫小姐創作時捉摸兒童心理起了很大的幫助。

孫小姐還補充說：「如何捉摸兒童的心理，對於我來說渠道真的很多。除了在童軍接觸三至二十一歲的兒童少年，和上課及從書本學習外，還有另一個渠道。我在香港大學教書之前，曾在中學任教多年，我在這些中學生的身上認識到少年的心理特點。其實，每個孩子都有他自己的獨特性，如果你能掌握到他們的獨特性和普遍喜好，你也就可以細緻地把他們的心理特點表達出來了。尤其是你肯降低自己的身分，和他們一起玩，一起跳，一起談天說笑，你就會更加了解他們在想什麼或是想做什麼。」

真、善、美是評審兒童文學恆久不變的準則

大多數作家在創作時都或多或

⊙ 孫慧玲**邀你讀**

《特警部隊》（共 6 冊）
—— 孫慧玲

「以犬眼看世界」，會是怎樣的故事？特警部隊系列，以警犬 Nona 的第一人稱，寫警犬隊的成長故事，緊張刺激的執勤經歷與充滿懸疑詭異的偵探情節，繪畫香港大都市的人生百態、人情冷暖。

《旋風少年手記》及續篇《魔鏡奇幻錄》
—— 孫慧玲

因一次偶遇，重遇那個上學不留心，測驗考試從不合格卻連連升級，被教訓從不駁嘴但也從不改進的舊學生李耀輝，聽他述說自己的成長故事：奪標、病患；振作、再倒下；再奮戰、又倒下的種種遭遇，像旋風般急驟又凌厲，叫人驚訝又揪心。

少會遇上寫作的瓶頸，多半都是在情節的推進方面。但孫小姐卻有點不同：「在故事情節的鋪排時我覺得困難不大，反而是當站在讀者的角度來看，或是思考兒童讀者是否接受這樣的情節、這樣的安排時，我就要多花心思；其二是寫作時應本着什麼樣的立場。我常覺得兒童文學應該是為兒童健康成長服務，而不是單純迎合他們的口味。在市場考量和自己的寫作宗旨這二者之間究竟怎樣取得平衡，這是一個頗費思量的問題。我是不會為了遷就讀者口味或社會上一些庸俗心理而去改變自己的作品的。文學應該有它的教育意義和社會責任。」

談到怎樣的兒童文學作品才算是上乘的兒童文學作品，孫小姐強調說：「最重要的是有童真童趣，能真正反映『兒童是活潑的、伶俐的、好玩的』天性；其二是，我相信人性是善的，因此兒童文學作品要能表達人性的善，帶領兒童走向完善人格的道路，可以抵抗社會世俗的污染，它所呈現的境界是純潔而優雅的。文字要通順，但通順中還要有文字的情趣、美

孫慧玲悄悄告訴你

每次寫完一本書，我都愛請少年讀者試讀初稿。那一年，寫完《旋風少年手記》，找來著名男書院一羣中三學生試讀。讀後，他們很緊張地問我：「為什麼小說中沒有女孩子呢？」我說：「這是一個男校男生的故事呀。」但他們要求我無論如何要為旋風少年找個女朋友，於是，我便塑造了旋風女孩的角色，兩小無猜，以慰少男們思慕女孩的心理。至於如何安排這段感情的結局，倒也真考起了我！

感和節奏，在文字的表面之下能帶領讀者聯想和反省。我始終認為真、善、美是評審兒童文學恆久不變的準則，因為離開了真就是虛偽，離開了善就是荼毒，離開了美就不是文學。」

▲ 保持童心，是孫慧玲寫出富有童真有趣的兒童文學作品的秘訣。

我寫的故事是自然地從我胸臆中流出來的

　　談到哪一位作家對自己的創作影響最大，孫小姐的回答有點出人意表，她說：「我覺得自己在兒童文學創作方面沒有特別受某一位作家的影響，這條路是我自己自然而然地走出來的，我寫的那些故事也是執筆即就的，因為它們是自然地從我胸臆中流出來，是我自己的風格。」雖則如此，孫小姐還是說出了名作家金庸先生和張曉風女士對她整個寫作上的影響，金庸先生作品情節

的曲折和跳脱的人物塑造,張曉風女士文筆的流麗和呈現的意境,這些都或多或少地影響了她的寫作技巧。

孫慧玲和文學大師金庸先生喜相逢。

　　二十多年的創作歷程,孫小姐認為最難忘的事,是她的第一部個人結集《跳出愛的漩渦》一出版就獲得了第四屆香港中文文學雙年獎的推薦獎,這對於一個文學寫作新人來説,無疑是一個非常大的鼓勵。如今回過頭看這作品,無論是內容還是寫作技巧,她仍然是覺得滿意的。其次最難忘的事是寫《旋風少年手記》。因為這是一個原型人物李耀輝在向她直接傾訴,而他又是她喜愛的學生。她看着他長大,成功,失敗,獲獎,生病,在在都牽着她的心,她是一邊流着淚一邊寫這

故事的。《旋風少年手記》當年入選了「中學生好書龍虎榜」六十本候選書目，它的續集《魔鏡奇幻錄》則榮獲「中學生好書龍虎榜」十本好書之一獎項。

孫小姐從大學教職退休之後，更經常地外出旅遊，並陸續地在報紙專欄中寫了好些遊記散文。她希望在這「行萬里路」的過程中，洗滌身心，陶冶性情，擴闊眼界，寫出更多更好的作品。她還興高采烈地告訴我：「我榮升外祖母後，我發覺這是我重新出發的時機。因為小外孫為我提供了一個觀察新一代兒童成長的機會，我為他寫下了成長日記，並於 2015 年出版了一本《祖父祖母正能量》的教孫經哩。」看來，孫小姐仍不減她那為人師表的熱誠，仍以教育為己任。

「接下來，我有好多套作品在構思中，例如一套小學生美德故事繪本，李耀輝故事的第三本。還有，我也搜集了一些香港運動員的資料，以及許多環保題材，我希望能儘早動筆。」我期待早日看到孫小姐的新作。

為了讓孩子從小
愛上閱讀而寫作
兒童文學

關
麗
珊

關麗珊，香港土生土長的她，喜歡閱讀和
寫作，也喜歡到處遊歷。擁有中醫學位，曾任
報刊編輯和創作顧問，這些經歷，都成了她創
作靈感的泉源，她的作品涉獵的題材、類型都
十分廣泛，作品種類包括小說、散文、評論等；
她既創作成人文學，也創作兒童文學；她的遊
歷、她的中醫學知識、她對社會的反思等等，
都成為她創作的題材。關麗珊就是如此一個樂
於作多方面嘗試的作家。

 您是什麼時候以及怎樣開始寫作兒童文學的？

　　兒童文學是從新雅的《雲上的舞蹈》開始，主編約稿，我樂意嘗試，希望吸引孩子從小愛上閱讀；《公主的內在美》為初小學生而寫，一個人越細個喜歡讀書，這習慣越是長久。

　　青少年文學由小說《F.3A》開始，打算寫香港的故事，每本小說寫一年時間，由一羣學生為主角，由 2003 年中一寫到現在成年階段，側寫十多年來香港的變化。除了 A 班系列，還有由《浩然的抉擇》開始寫的四本青少年文學。

2 您從哪兒取得寫作的靈感和題材？

　　父母都是喜愛閱讀的人，自有記憶開始，家裏一定有報紙雜誌，父母是窮到無米煮飯都要把買米的錢用來買報紙的人。他們喜歡聽收音機和看電視，無論多窮都會去戲院看電影，所以，我從小聽過和看過許多故事，由識字開始喜歡閱讀，腦海早已有不少故事想寫。加上我對世界充滿好奇，喜歡看書、看人，以及到世界各地看看，腦海儲存了許多有趣的故事，題材和靈感早已太多，困難的反而是寫作必須靜下來，專心思考如何寫得好看，還要逐個逐個字慢慢打出來。

關麗珊喜歡到各地遊歷，把經歷和感受化為寫作的養分。

 在創作時您怎樣捉摸兒童的心理？

　　在報館當編輯和創作顧問的時候，我主要負責校園版，給中學生和小學生看的。所以，我好像一直在中學和小學生活似的。創作兒童小說的時候，我還會回想自己五至十歲時，遇上問題會如何思考，以及怎樣面對成長的困惑。全職寫作後，不時去小學舉辦講座和寫作班，我會留意時下兒童的用語和思維方式，掌握兒童心理和語言後，將當下兒童心態注入角色之中，讓不同年代的角色有不同年代的語言和氣質。

 在創作過程中如果遇到瓶頸，您怎樣去克服？

　　跟學習的平原地帶一樣，我們學習的時候，有時學得很快，有時像走在平原，無論花多少時間，依然沒有進步似的。寫作一樣，有時寫得又快又好，有時感到原地踏步，甚至害怕自我

> **關麗珊對你說**
>
> **事**事做到一百分不等於快樂，活得快樂和有意義才值得一百分，廣泛閱讀是讓人快樂的好習慣。

重複，這就是創作的瓶頸。我喜歡順其自然，不會想辦法克服瓶頸現象。由於喜歡多方嘗試，遇上創作小說的瓶頸就先寫散文，或休息一陣子，或出外看看世界，放下寫作，廣泛閱讀和思考，讓大腦放空後再吸收新事物。我相信遇上瓶頸的原因是短期目標訂得太高，一下子無法達到，就覺得卡在某個位置，無法走出去。我認為自我提升後，自會有日可以走出瓶頸，繼續自我超越和嘗試，直至遇上下一個瓶頸位置。故此，我有些創作計劃在中途停了下來，無意給自己壓力，不必緊張。

 您認為怎樣的作品才算上乘的兒童文學？

　　文學作品必須經得起時間考驗，耐看之餘，讓讀者理解別人，擁有同理心和同情心。上乘兒童文學擁有文學特質之餘，還要淺白有趣，吸引兒童將整個故事看完，讓小讀者樂在其中，不知不覺間建立公平正義的價值觀。兒童文學不必說教或講人生大道理，只要故事正

氣，即使沒有任何明顯道理，能夠逗孩子一笑也有意義，最好讓兒童在不同年紀重看都有更深入的思考。上乘的兒童文學可讓不同年代的兒童同哭同笑，陪同孩子成長，不會被時代淘汰。

 哪一位作家對您的影響最大？

　　許多作家對我都有深遠影響，只提一個的話，我最喜歡曹雪芹。他的《紅樓夢》前八十回，是一生一世看不完的小說。曹雪芹原是富家公子，後來變得一窮二白，人生轉折極大，經歷也多。他寫作當然不是為金錢名氣，只是默默寫好他的小說。初看時，只看故事，再看就看到歷史和文化背景，再三細看，可見曹雪芹略懂醫學，古代讀書人相信不為良相，便為良醫，曹雪芹讀過的醫書不少，運用在小說上也好看。他讓我明白單純地寫好一本書，遠比追求富貴繁華重要。

關麗珊**邀你讀**

《小王子》
——〔法〕安東尼·聖修伯里

初看《小王子》是天馬行空的有趣故事，長大後重看，就會看見人生的無奈和哀傷。真正重要的東西是永遠看不見的，許多人瞎忙一輩子，不知道為誰辛苦為誰忙。書中道理，越早明白越好。

《紅樓夢》
——曹雪芹

初看《紅樓夢》是熱鬧，再三重讀才看到每個人的局限，富貴和貧賤看似天壤之別，實際是同樣面對自身的限制。理解以後，我們對別人會多點寬容，自然懂得善待他人，寵愛自己。

7 創作生涯中有哪些難忘的事或有趣的事？

　　最難忘的是在 1997 年香港書展舉辦的由全港市民投票選出心愛的書的活動中，我的第一本和第二本小說由全港市民投票選為第一位和第二位，開心得難以置信。難忘的事情還有去小學舉行講座時，有些小學生走來跟我說喜歡看我的書，我問書名，他們說出的作品都並非寫給兒童看的，讓我更有決心多寫兒童文學，讓小孩有更多閱讀選擇。

關麗珊悄悄告訴你

　　五歲時跟媽媽到阿姨的家吃下午茶，阿姨住四樓，我們住六樓，媽媽放心讓我自己回家，但我卻在五樓迷路，又不懂說出地址。好心人帶我到街上找警察，警察帶我返警署。媽媽後來複述發現我沒回家後，跟三個阿姨一起到警署報警，警員責怪她們只顧打牌不照顧孩子。媽媽說那日沒有打牌，但不敢反駁。此後，大人都說我特別蠢，其實我只是不認得路，並非蠢啊。

▶ 多啦Ａ夢是關麗珊從小喜歡的卡通角色。

⑧ **您曾獲得過哪些獎項？當時的感覺怎樣？這些獎項對您有什麼促進作用？**

　　我曾獲得過青年文學獎、香港書展「心愛的書」、十本好讀、冰心兒童文學獎和十大書叢榜等。得獎的一剎那當然開心，不過，很快又回復正常，提醒自己要繼續努力。其實，我覺得寫作並非為得獎，有獎固然好，沒獎也沒關係。每次完成一本書都覺得開心，讀者喜歡我的創作更好，所以，得獎的促進作用不算很大，當然，我喜歡得到獎項認同和鼓勵，多多益善。

9　您既創作成人文學，又寫兒童文學，當中有什麼不同的感覺或感想嗎？

　　成人文學是自我挑戰，總想呈現比自己已知更深入的國度，每次都要摸索和學習。成人文學是很大的挑戰和探索，那是自我超越的感覺。創作兒童文學要將自己變回小孩想法，保持好奇心，跟小讀者一起探險，既是作者，同時是小讀者，每次都好像重過童年一遍。簡單來說，寫作是神奇旅程，不同文類有不同探索方向。以創作心情來說，寫兒童文學開心得多，可以在單純童真的宇宙漫遊。文學創作要直視人性善良和邪惡，挖得太深時，連自己都不願太了解人性陰暗面，精神負擔大得多。

 接下來，您有哪些寫作計劃？

　　我打算創作兒童繪本，想擁有一本自己繪畫的童書。還會繼續創作成人文學和兒童文學作品，總覺野心太大，想做的事太多，時間永遠不夠似的。

 請談談您的最新近況和對將來的一些設想。

　　最近會延續Ａ班系列創作兩本小說，將來想寫出一本像《小王子》或《紅樓夢》的書（夢想要遠大啊），創作人都想作品傳世，一百年後仍能感動讀者，不過，書有書的命運。我希望有美好的將來，現在就要加倍努力。

隨慈善機構探訪受資助的印度學校。

用寫作代替繪畫來
記錄有趣的故事

麥曉帆

麥曉帆，十六歲成為報紙兒童故事專欄的「欄主」，十七歲開始寫作出版少年長篇小說，處女作《愛生事三人組》即獲冰心兒童圖書獎，其後的作品也獲得多個創作獎項。他給人內向不善言的印象，但他的作品卻表現出十足的幽默風趣。他的創作道路是怎樣的呢？

① 您是什麼時候以及怎樣開始寫作兒童文學的？

最初的時候，我其實是喜歡畫畫多於寫作。小時候我經常看漫畫和繪本，並且希望以後可以成為一個漫畫家。但當我嘗試繪畫時，卻發現我遇上很多阻滯，首先我當時的繪畫能力不足，畫不好東西，二來繪畫是一件非常花時間的工作，我們看漫畫時，可能一分鐘就會看完一頁，但這短短一頁，畫家可能就要畫上大半天。當時我有很多很多有趣的故事在腦中，一時之間沒能力也沒時間畫出來，所以我便決定暫時用另一個方法——就是把這些故事用文字、小說的方式記錄下來。於是漸漸地，我就踏上寫作之途了。

您從哪兒取得寫作的靈感和題材？

　　有趣的是，大家可能會以為我作為一位文字作者，為了取得靈感和題材，肯定會經常看很多很多的書。事實上，我的閱讀量和普通讀者可能沒有太大分別，但在小說之外，我卻會去看大量其他類型的媒體，例如漫畫、卡通、電影、甚至玩電子遊戲等等。你可能會覺得，作為一位文字作家，卻去看漫畫、卡通、電影，是不是有點兒「不務正業」？非也，

其實以上媒體和小說一樣，都必須有一個引人入勝的故事、生動活潑的角色，才能吸引人去看，很值得我去參考。同時，正由於這些媒體在表現形式上和小說有很大的不同，也可以讓我跳出文字的框框來思考。

 在創作時您怎樣捉摸兒童的心理？

　　要知道小朋友喜歡什麼、想看什麼，首先自己就必須成為一個小朋友。我雖然是個大人，卻在很多方面擁有一顆屬於小朋友的心。我認為，小朋友們對這個世界充滿好奇心，什麼事都愛尋根究底；同時，小朋友們喜歡美好的事物，很多事都會向好的一方面去想；另外，小朋友們有一顆正直的心，對於是非對錯經常會有自己的一套見解；而最重要的是，小朋友們都喜歡笑，有小

朋友在的場合，你都肯定會聽見很多歡笑聲。所以，我覺得在寫作兒童文學時，以下幾點都缺一不可：一個能引起他們好奇心的故事、一個光明和美好的結局、一套正確的道德和價值觀以及和富有幽默感的人物和對話。

④ 在創作過程中如果遇到瓶頸，您怎樣去克服？

在創作時遇到瓶頸，是經常會發生的事情。在這種情況下，最忌的就是鑽牛角尖，不斷不斷地去思考劇情應該如何如何去發展之類，這樣經常會有反效果。遇到這些情況，最應該做的反而是不要去想它，把整個故事拋諸腦後，去做其他事情，洗個熱水澡、逛逛街、上上網，又或者看看電影和卡通片、聽聽音樂，甚至是睡一個午覺，通常這樣過一會兒，靈感就會來了。那是因為，我們的腦袋在放輕鬆時才最有效率、最有活力。

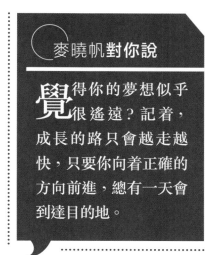

麥曉帆**對你說**

覺得你的夢想似乎很遙遠？記着，成長的路只會越走越快，只要你向着正確的方向前進，總有一天會到達目的地。

您認為怎樣的作品才算上乘的兒童文學？

　　之前我提到寫作兒童文學時很重要的四點，這兒我可以詳細說明一下：首先是必須有一個能引起他們好奇心的故事，這個故事不一定要嘩眾取寵，但必需有趣，最好還未讀完小說第一頁已經讓讀者好奇接下來會發生什麼，捉住他們的心；然後是必須有一個光明和美好的結局，這原因並不是因為兒童不能承受悲傷和黑暗的結局，而是對於小朋友來說，閱讀是一件輕鬆快樂的事，並不是一個情感負擔；另外是故事必須要有清晰的道德價值觀，什麼是對的、什麼是錯的，應該是非分別，不要讓小朋友感到困惑；最後就是最好多運用幽默的手法，讓閱讀少一點嚴肅感，更貼近小朋友們的性格。

哪一位作家對您的影響最大？

　　對我的寫作風格和題材產生影響的作家很多，但對我影響最大的，可算是偵探小說作家——阿嘉莎克里斯蒂了。她的推理小說作品情節曲折離奇、結構嚴謹、文筆樸實；同時她善於把關鍵的線索和證據隱藏在情節中不起眼的地方，有的描寫乍一看來和故事毫不相關，等到謎底揭曉後，才發現原來和案件有千絲萬縷的關係，讓人拍案叫絕；另外，她對人物的刻畫深刻獨到，就算是一個小角色，她也可以通過簡單幾句話，將這角色的性格描繪得非常生動。我的第一本小說作品《愛生事三人組》，就是受到她的作品影響而寫出來的。

7 創作生涯中有哪些難忘的事或有趣的事？

在我的作品中有一本小說叫做《他約我去迪士尼》，這本小說改篇自紅極一時的同名歌曲，也是我的第一次接受出版社邀稿而寫作出來的。當初出版社給了我非常充足的時間來寫作這本小說，但我在構思時卻遇上了瓶頸，交稿截止時間近在眉睫，也想不出合意的故事情節。當時我一度想放棄寫作這本小說，但在父母和出版社的鼓勵下，我才決定堅持下去。沒想到，這個瓶頸最後卻反而讓我想出了一個好主意，將故事主角設定為一位女作家，然後把自己遇上瓶頸的這個寫作經歷代入小說情節中，成為故事的一部分，終於讓故事可以順利展開了。

麥曉帆邀你讀

《玩具店不見了》
——〔英〕*Edmund Crispin*

這是一本結合了幽默和推理的冒險小說。一家玩具店裏發生了兇殺案，但唯一的目擊者報案後，卻發現這間玩具店憑空消失了！而唯一有能力解決這案件的，卻是一位性格古怪的大學教授……

《我，機器人》
——〔美〕以撒·艾西莫夫

由以撒·艾西莫夫所著的經典科幻小說，以九個相對獨立、卻互有聯繫的短篇故事所組成，通過緊張刺激的冒險情節，一一探討機械人的自我意識、倫理道德觀、和與人類之間的關係。

◀ 麥曉帆和歌曲《他約我去迪士尼》的創作及演唱者陳曉琪（Kellyjackie）。

8 您曾獲得過哪些獎項？當時的感覺怎樣？這些獎項對您有什麼促進作用？

　　我曾獲得中學生十大好書龍虎榜和冰心兒童圖書獎等獎項，我的作品能得到別人的承認，當然是感到非常高興和榮幸。這些獎項對於作者們來說，並不只是一個獎狀那麼簡單，而是可以讓他們的作品被更多人認識到，同時也在鼓勵他們，讓他們更有動力繼續創作，推動了整體的閱讀風氣。

9 您給人的印象是內向不善言的，但閱讀過您作品的人都可以發現：您的作品行文十分幽默風趣，那種幽默是從骨子裏透出的令人不由發笑。請問：您是怎樣看這一情況，或者說您為何所有作品都如此幽默？

　　我想，我之所以內向不善言，是因為我已經把所有想表達的東西，都通過寫作表達出來，所以便沒有太多話可以說了吧，哈哈！但認真點說，我其實也不是很內向，和我很熟悉的人我也可以侃侃而談，但因為我平時

麥曉帆悄悄告訴你

　　有一次我在很多人面前發言時，想舉一位韓國當紅的明星作為例子，本來是打算說「金秀賢」這個名字的，但不小心把他和另一位韓國明星「全智賢」互相弄混了，結果說出「金智賢」這個好笑的名字來。在整場發言中，我提及這個名字好多好多次，但一直都沒有人敢糾正我，直到發言接近尾聲時，才有人小聲地問：「你是想說金秀賢吧？」我才知道講錯了。真的好糗啊！

説話時反應很慢，要深思熟慮一番後，才能夠把話説出口，經常和別人接不上話柄，所以在很多時候便索性不説了。但我想這反而讓我養成了咬文嚼字的習慣，使我在寫作時，能把要説的話用最有條理的方式表達出來。而另一方面，我之所以喜歡採用幽默的方式來寫作，則是因為我自己也比較喜歡看輕鬆幽默的小説、卡通、電影，耳濡目染之下，寫作風格也自然比較有幽默感了。

 你媽媽是一位著名的作家，您的創作是否受她影響？你們平時有交流寫作心得嗎？你媽媽對您有哪些影響？您爸爸也是一位作家和記者，他對您有什麼影響？您有沒有想過和媽媽雙劍合璧，共同創作一套作品呢？若有，希望是什題材？

　　我的父母都是作家，不過在我成長的過程中，他們都讓我自己去發展自己的興趣，並沒有刻意去培養我成為一個作家，不過他們卻讓我養成了閱讀的習慣，漸漸培養出寫作的基礎，所以也算是間接地讓我踏上了作家之途吧。我們平時也經常會交流寫作上的心得，各自把構思中的故事説出來，再互相提供意見和建議，也是很有用的家庭會議呢！如果我有機會和媽媽合作的話，我希望能一起寫一部推理小説作品，這部小説的故事圍繞同一宗案件，卻是各自以一對母子偵探的視角展開，兩條故事線並行，我負責寫少年偵探的視角，而我媽媽則負責寫母親偵探的視角，這應該會很有趣。

▶ 麥曉帆和作家媽媽馬翠蘿。

11 就您的創作而言，您最喜歡／最擅長或想寫哪一類型的作品？為什麼？

我想我最喜歡寫的是校園主題的生活小說，雖然我早已經離開學校，但我仍然很嚮往以前輕鬆愉快的校園生活，寫作校園小說，可以讓我再次從學生的視角去體驗、懷緬這一切；我覺得我最擅長寫的，還是偵探推理小說，要通過各種情節設下一個謎團，讓讀者通過自己的推理和判斷，去揭開謎底，正是需要大量的布局，而我在這一方面可能會比較擅長；而至於我最想寫的，則是科幻小說，因為我自小就對於科幻題材的作品很有興趣，對於科幻小說作者們所想像出的未來世界，又或者各種天馬行空的發明，我都感到嘆為觀止，真希望能有機會寫作這一方面的題材。

12 接下來，您有哪些寫作計劃？

接下來我的寫作計劃有——

《玩轉火星自由行》：這是一本關於太空探險的輕鬆幽默小說，講述四

名經驗不足的青少年被帶到火星去，進行一系列為期數月的科學研究，但他們不知道的是，這一切背後其實潛藏着一個巨大的陰謀……

《我的同學是外星人》系列：故事圍繞一位外星人在地球的後裔，在知道自己的身分後，和他的同學所經歷的一系列冒險。這一系列可能會以電子書的形式出版。

《時空發明拯救隊》系列：講述兩名少年時空警察一次次地回到過去，拯救人類的各種發明免受未來惡勢力的破壞。

 請談談您的最新近況和對將來的一些設想。

在之前幾年，我因為工作的關係，一直在寫作上都不是那麼活躍。我希望在接下來的這一兩年內，多點推出不同題材、風格的新作品，繼續給小讀者們帶來歡笑。

在台灣書展上接受台灣傳媒採訪。

因步入人生新階段
而創作兒童文學

卓瑩

自小熱愛創作的卓瑩，因參加了一個小說寫作比賽獲獎後而展開寫作之路。最初，她寫作以成人為對象的愛情小說為主，近年開始創作校園小說，期望能為兒童及青少年帶來正能量。

 您是什麼時候以及怎樣開始寫作兒童文學的？

　　我是在 2005 年參加了一個小說寫作比賽獲獎後，從而展開寫作之路的。不過那時的作品是以成人為對象的愛情小說。一年多後小女兒出生，我因忙於照顧孩子而暫停寫作，直到女兒上學後我才再有空寫作，但隨着自己踏進了人生的新階段，我的思維也有所改變，於是轉而嘗試創作以兒童及青少年為對象的故事。

 您從哪兒取得寫作的靈感和題材？

　　有時候是從書本或報章上看到一些報道而觸發，有些是從朋友間聽來的，當然也有些是自己年輕時的經歷或想法的。譬如在拙作《那年我十四歲》中，主人翁方凱琳寫信給過世的母親這個情節，便是我年輕時曾經一閃而過的念頭；又如在《讓我再次站起來》，我是在讀了有關因意外癱瘓但仍勇敢面對的真實個案後，才有感而發地寫下這個故事的。

 在創作時您怎樣捉摸兒童的心理？

　　平日我會多留意他們的言行舉止及相關的新聞報道，以便了解現今孩子的想法，再加上我可能本來就有點童心未泯，所以只要設定好人物的背景和性格，我便會幻想自己就是故事裏的人物，試着從人物的角度去思考事情，就像一個演員一樣。

④ 在創作過程中如果遇到瓶頸，您怎樣去克服？

　　如果只在情節和結構上想不通，我會先停下來看看書或電影，讓腦袋暫時清空，又或者跟身邊的人討論一下，也能激發出新的靈感。如真的遇上關鍵性的失誤，我會寧可大刀闊斧地刪掉不滿意的地方，重新出發。

⑤ 您認為怎樣的作品才算上乘的兒童文學？

　　我認為一本書如能在用字的精確性、題材的啟發性以及趣味性三方面都能拿捏得恰到好處，讓兒童在不知不覺間長了知識，寓學習於娛樂，便是優秀的兒童文學。

◯ 卓瑩對你說

在追求卓越的過程中，年齡和學歷都不是最重要，恆心與毅力才是關鍵，你不一定要跑在最前線，但你必須是堅持到最後的那一個。

哪一位作家對您的影響最大？

　　我沒有固定喜歡哪位作家。因為小時候家裏沒什麼錢買課外書，圖書館又離家太遠，家裏能看的書就只有父親借回來的武俠小說，所以可以說我是在武俠小說堆中長大的。到了我長得夠大，可以自己去圖書館借書時，我就好像餓了很久的飢民，不管作者是誰，也不論題材，總之覺得寫得不錯的都會看。

 創作生涯中有哪些難忘的事或有趣的事？

　　最令我難忘的，是第一次的投稿。其實稿件寄出後，我心裏便已作好會被投籃的準備，沒想到數天後卻收到出版社的約見電話，而跟我見面的正是當時花千樹出版社的總編輯葉海旋先生。

我剛坐下，他便開門見山地告訴我稿子故事性不夠強，沒有出版的可能性，但因覺得我的文筆不錯，不想就此埋沒，故此才特意約我面談。他花了足足一個多小時，耐心地教了我許多寫小說的竅門，還告訴了我很多有關出版業界的情況。他的一席話，不但令我獲益良多，還鼓舞了我繼續勇往直前的決心，我很感激他。

至於最有趣的事，我記得十幾年前，當網上日誌開始流行時，我便曾經利用它來練筆，還因而結識了不少志同道合的網友，大家在網上互相切磋觀摩，十分熱鬧，但隨着許多社交網站相繼推出後，網上日誌逐漸式微，大家便各散東西了。不過最近我竟然在社交網站上跟一個網友相認了，而且她的女兒還是我的忠實讀者，讓我覺得很奇妙。

卓瑩邀你讀

《孩子！你知道你有多幸福嗎？》
—— [韓]李恩敍、金實

此書記述了一班在艱難環境下生活的小朋友，如何堅強地面對逆境的真實故事。透過他們的經歷，可以鼓舞小讀者勇於面對困難，學會珍惜所有，從而懂得關愛別人。

《童詩剪紙玩圈圈》
—— 林煥彰

作者將文字與剪紙藝術結合，把一幅幅以大自然為題材的剪紙插畫，配上充滿動感的童詩，呈現出一個七彩繽紛的夢幻世界，讓小讀者能同時欣賞到兩種藝術之餘，更可體味文字創作的樂趣。

8 您曾獲得過哪些獎項？當時的感覺怎樣？這些獎項對您有什麼促進作用？

我的寫作資歷尚淺，得過的獎項不算多，所以每個獎項對我來説都彌足珍貴，令我得以儲存足夠的勇氣繼續寫下去。不過，這一路走來，當中對我影響最大的，始終是 2005 年的寫作比賽優異獎，因為這個獎項不但加強了我對寫作的自信，還為我開啟了寫作之門，然後才能堅持到現在。

▲ 卓瑩憑《讓我再次站起來》獲得第十屆「十本好讀」獎，由家人陪同領獎。

卓瑩悄悄告訴你

我的方向感很弱，即使走在熟悉的街頭，假如偏離了平日行走的路線，我偶爾也會感到迷失，尤其是在晚間路燈迷濛的時候，特別容易認錯方向，不但白走了很多冤枉路，還耽誤了時間，遇有重要的事情，我便只好提早出門，以免遲到。幸而現在的智能電話提供定位追蹤功能，讓我可以隨時查看路線及位置，從此不會再迷路了。

您創作的《鬥嘴一班》現在成了小學生追捧的作品，您的感受是怎樣的？請問您當初怎麼會想到創作這個系列？在創作過程中有什麼特別的趣事嗎？

當時女兒剛升小一，進入了另一個閱讀階段，但市面上較難找到合適的書，女兒見我在寫《飛躍青春》系列的書，便經常問我什麼時候也能寫一些她能看懂的書，久而久之便有了要自己創作一個兒童故事的念頭，偏巧出版社問我有沒有興趣創作這一類的故事，於是便決定姑且一試，但我真的沒想過故事出版後居然能得到這麼多迴響，讓我既驚喜又振奮，於是便一本接着一本地寫下去。

最有趣的是，當知道我要創作《鬥嘴一班》系列後，小女兒便經常告訴我很多學校的趣事，並不時記下一些自己構思的小情節，偷偷放在我的書桌上，說要給我作參考，雖然這些情節未必真的用得着，但卻令我有一種像在跟女兒合著的奇妙感覺。

▼ 女兒小一時給卓瑩寫的小字條，字條上記下她構思的小情節。

卓瑩佳作推薦

《鬥嘴一班》系列(已出版 10 冊)
(新雅文化事業有限公司)

《那年我十四歲》
《讓我再次站起來》
《像我這樣的幸福女孩》
《原來我可以》
《網上情緣》
《請你靠近我》
《我不是草莓族》
《回到冰雪上的日子》
(山邊出版社有限公司)

《永恆不滅的煙火》
《眼睛不要戀愛》
(青春文化事業出版有限公司)

10 接下來，您有哪些寫作計劃？

　　除了現有的《鬥嘴一班》系列外，我正思考着能否再多寫一個以高小學生為對象的故事，但一切還在初步構思中，未知實際是否可行。

卓瑩到小學舉行分享會，並與小讀者合照。

11 **請談談您的最新近況和對將來的一些設想。**

　　我的寫作資歷尚淺，所以現階段我覺得自己應該多花時間去好好鑽研一下寫作技巧，以便提升創作水平，但因平日要照顧家庭及孩子，再加上寫作，已經讓我忙不過氣，很難再擠出時間去學習。不過隨着女兒日漸長大，相信往後我可以多出一些時間，到時候我除了會繼續鑽研寫作技巧外，也會再學學別的事情，如：書法、繪畫等等，充實自己。

想當作家不是夢——22 位兒童文學作家的故事

作　　者：甄艷慈
責任編輯：周詩韻
美術設計：何宙樺
出　　版：新雅文化事業有限公司
　　　　　香港英皇道 499 號北角工業大廈 18 樓
　　　　　電話：(852) 2138 7998
　　　　　傳真：(852) 2597 4003
　　　　　網址：http://www.sunya.com.hk
　　　　　電郵：marketing@sunya.com.hk
發　　行：香港聯合書刊物流有限公司
　　　　　香港新界大埔汀麗路 36 號中華商務印刷大廈 3 字樓
　　　　　電話：(852) 2150 2100
　　　　　傳真：(852) 2407 3062
　　　　　電郵：info@suplogistics.com.hk
印　　刷：永利印刷有限公司
　　　　　香港黃竹坑道 56-60 號怡華工業大廈 3 字樓
版　　次：二〇一六年十二月初版
　　　　　10 9 8 7 6 5 4 3 2 1

版權所有‧不准翻印

ISBN: 978-962-08-6712-5
© 2016 Sun Ya Publications (HK) Ltd.
18/F, North Point Industrial Building, 499 King's Road, Hong Kong
Published and printed in Hong Kong.